が呼んだ娘 ②

闇倉の竜

柏葉幸子・作　佐竹美保・絵

講談社

竜が呼んだ娘 ②

闇倉の竜

もくじ

第一章　王宮の部屋子　6

第二章　闇倉（やみぐら）へ　27

第三章　コキバ　58

第四章　黒雲（くろくも）の都（みやこ）の泥棒市（どろぼういち）　83

第五章　けもの屋の父娘（おやこ）　107

第六章　ラドルの屋敷　146

第七章　泣き虫の竜　185

第八章　葦の村　203

第九章　ラドルと隻眼の竜　246

第十章　コキバのなりたいもの　277

竜が呼んだ娘　闇倉の竜

おもな登場人物

ミア……十一歳になる女の子。竜に呼ばれて王宮に来た。
ウスズの屋敷で部屋子をしている。

二のおば……ミアのおばで育ての親。
十歳のときに竜に呼ばれ、王宮にいたことがある。

ウスズ……伝説の勇者、竜騎士。
何百年もの間、呪いをかけられ姿を変えられていた。

星の音……ウスズの奥方で魔女。
ウスズの命を救うため仲間を裏切り、姿を変えられていた。

銀の羽……魔女の長老。地に足をつけるのを嫌い、
ほうきにまたがって移動する。

マカド……宝物殿を守っている。
闇倉で思いをかけていた石がくだけ、けがをする。

フォト……けもの屋の主人で、左耳がちぎれた大男。
竜を狩ることができる。ザラの父親。

ザラ……フォトの娘。
ミアと同じくらいの年頃で、父親の商いをつぐと決めている。

ラドル……黒雲の都にいる。
陸ガメの上にある輿の中にいて、姿をあらわさない。

第一章　王宮の部屋子

朝日が山のむこうに顔を出しかけた。あたりはやっと明るくなった。

ミアの耳もとで、春とはいえ冷たい風がうなる。ウスズ様の竜にしがみついているミアは、竜ごと王宮の崖からおちていた。頭からおちていく竜の体は風にあおられて、恐ろしいいきおいで右や左に回転する。翼のある竜は飛べるのに、その翼を動かそうとはしない。

目の前に、草一本はえない赤岩の地面がせまる。

ミアは、岩の間にうごめくサソリをみすえることができるようになった。

地面にぶつかる！　というとき、竜はおもむろに翼を動かす。その力強いひとかきで、竜の体が浮き上がる。

ミアの胃が体の中でひっくりかえった。

長い竜の体は弓形にしなる。地面にぶつかりかける竜のしっぽが、むちのように地面をうちつける。岩がくだけて、つぶてのようにはね飛ぶ。でも、そのつぶては竜の体にあたりもしない。

竜はもう、崖の中ほどを飛んでいる。

あっというまに王宮がみえてくる。

王宮は地のはてにある高い高い崖に、斜めに入った巨大な瑠璃の鉱脈をほりこんでできている。鉱脈の中を流れる熱いお湯から湯気がところどころあがり、王宮を隠している。

その湯気が、竜の飛ぶいきおいでふき飛ばされる。

ミアの暮らす王宮は瑠璃色にかがやく美しいところだ。

ウスズ様の竜は、王宮のはしにあるウスズ様の屋敷の竜だまりに、ふわりとおり立った。

まるで歩いてきたというように、息も乱さず、優雅に、床に爪の音もたてない。

ミアはしがみついていた竜の首から、飛びおりた。もうふらつくことも、はくこともない。

「だいぶなれたわね」

ウスズ様の竜は、そんなミアに満足げだ。竜の声は頭の中にきこえる。女の人の声だ。

ここ何日も毎朝こんなことをさせられるのだ。なれないほうがおかしい。

「私は部屋子です」

ミアはうらみがましくつぶやいた。

ミアは、伝説の勇者、竜騎士のウスズ様の部屋子だ。ウスズ様は何百年もの間、呪いをかけられ姿がなかった。その呪いからとけ、一年ほど前によみがえったばかりだ。

部屋子は、竜騎士の家族や屋敷の世話をするのが仕事だ。

「そうよね。竜騎士でもあるまいし。竜にまたがって飛ぶ部屋子など、きいたこともない」

竜のおもしろそうな笑い声が、ミアの頭の中でひびく。

「斧のほうは、なれた?」

そうだったというように、竜がミアをみる。

ミアはうなだれた。

一年前、呪いからよみがえったウスズ様は、自分の体をとりもどすやいなや、

「私の部屋子が斧もつかえんでどうする!」

と、ミアに斧のふり方を教えようとした。

ミアは、武器が怖くてたまらない。誰かを傷つける訓練などしたくなかった。

ウスズ様は、そんなミアのやる気のなさに、

「おまえはどうしようもない！」
と、ミアの斧の訓練はあきらめたはずだった。

なのにここしばらく、朝食後に王宮の子どもたちがする、斧の訓練に送りだされていた。基礎から教えればなんとかなるとでも思ったのだろうか？　王宮で暮らす斧の民は、歩けるようになると斧をにぎる。十歳のミアだが、五歳の子がにぎる斧もうまくあつかえない。昨日は、手から斧をふり飛ばし、尻もちまでついた。

それでも誰も笑いもしない。ミアのぶきっちょさに、ため息をつくだけだ。「来るな！」と思っているのだろうが、口に出す人はいない。

ミアは、斧の民を今の王座につけた伝説の勇者ウスズ様の部屋子だからだ。

「まだ、なれないのね？」

ウスズ様の竜がため息をついた。

「ウスズ様は、おまえに斧は無理だって、いってたはずなのに――」

ミアの口はとんがっている。

「斧の訓練をさせたいのは、ウスズかしら？」

ウスズ様の竜が、ひとりごとのようにつぶやいた。

どういうことだろう？

ミアはウスズ様の竜をみた。竜はしまったというようにミアから目をそらした。

ミアに斧の訓練をさせたいのは、ウスズ様ではないと思っているようだ。それでは誰が、ミアに斧の訓練をさせたいのだろう？

ウスズ様の竜にといただそうとしたとき、竜だまりの奥にある屋敷のドアが開いた。

テムの顔がのぞく。テムはウスズ様のもう一人の部屋子だ。がっしりした体形の無口なおじさんで、王宮の薬草畑の番人もかねている。

「谷の子、朝めしだ」

テムはそういって、すぐ顔をひっこめた。

ミアは王宮で、谷の子と呼ばれている。

ミアは、罪人が暮らす牢獄がわりの深い深い谷底の村から、竜に呼ばれて王宮に来た。罪人といっても、人を傷つけたり盗みを働いたりしたわけではない。今の王座についている斧の民と戦って敗れた弓の民の末裔だ。谷底の村で暮らしているミアの祖父などは、戦いに敗れさえしなければ、王座についたのは自分たちだという自負をよすがに生きている。

ミアは何百年も前の戦いのことなど気にしたこともなかった。谷底の村で水をくみ、畑をたがやし羊を飼い、平穏に暮らしていくのだと思っていた。谷底の村の外の世界に興味もなかった。

深い深い谷底の村から外へ出るには、日のある空を飛ぶ竜か、月のある空を飛ぶ魔女に頼るしかない。斧の民との戦いに敗れたのは、弓の民の魔女の一人が裏切ったからだといい伝えられてきた。そのせいか、ミアの村では魔女を忌み嫌う。ミアの村に魔女がいたことはない。でも、竜はいる。竜は一年に一度、春になると十歳になる子を呼ぶ。そして、外の世界へつれていく。竜が呼ぶ子は特別な子なのだ。

生まれたときから体が弱く、成長も遅かったミアは、自分が竜に呼ばれるなどと思いもしなかった。なのに、竜に呼ばれて王宮につれてこられた。

ミアを育てた二のおばのせいだ。ミアは生まれてすぐ父親を亡くし、母親にも捨てられた。ミアは、母の姉である二のおばに育てられた。

二のおばは、やはり十歳のころ、竜に呼ばれて王宮で暮らした人だ。でも、罪をおかしたとして、村につれもどされていた。

二のおばは、自分が育てるミアを、竜が呼ぶ子に、王宮で暮らす子に育てようとした。そして二のおばが願ったとおり、ミアは竜に呼ばれて王宮へつれてこられた。それも、呪いをかけられ、誰もいないのに泣き声がする幽霊屋敷といわれるウスズ様の屋敷にだ。

ミアはその屋敷で、谷の子とさげすまれ、誰にも相手にされず、呪いをかけられて姿のないウスズ様と泣いてばかりいた。

それでも、底のぬけた麻袋に変えられていたウスズ様と、燃えあがっては色を変える宝石に変えられていたウスズ様の思い人、魔女の「星の音」の呪いをといたのはミアだ。

ミアは王宮で暮らす決心をした。ウスズ様の部屋子としてだ。なのに、竜と飛ぶ練習をさせられ、斧の訓練にまで送りだされていた。

「谷の子、何をぐずぐずしている！」

屋敷からウスズ様のどなり声がした。

ミアはかけだした。

一部屋だけだったウスズ様の屋敷は、星の音が奥方となり、ミアとテムが部屋子となったので、瑠璃の鉱脈をほり広げ部屋数もふえ、立派になっている。

新しくつくられた風のわたるテラスに食事のしたくがしてあり、黒い髪と黒い瞳のウスズ様と、ウスズ様の子を妊娠中の星の音が、もうテーブルについていた。

ミアは、星の音ほど美しい人をみたことがない。王族の女の人をみかけたこともあるが、その人たちより優雅で、たおやかだ。まるで、ふれるとこわれてしまいそうだ。金色に波うつ豊かな髪。すけるような美しい肌。瞳は王宮と同じ瑠璃色だ。

星の音は弓の民の魔女だ。ウスズ様と星の音は、最初は敵どうしだった。

何百年も前の戦いで、ウスズ様と星の音は敵として出会い恋におちた。星の音はウスズ様の命を救おうと、仲間を裏切った。その裏切りのおかげで、斧の民は王座につけたも同じだ。ウスズ様と星の音は、その報復に弓の民の魔女から呪いをかけられていたのだ。

王宮は、何百年も語りついできた勇者の復活にまだとまどっている。ウスズ様と星の音の二人は、何代も後の子孫の中で、新婚生活を楽しんでいた。

弓の民が敗れる原因となった魔女に、ミアがつかえていると知ったら、谷底の村にいる祖父は怒りで倒れてしまうだろうとミアは思っていた。

魔女の味覚はミアたちとだいぶちがう。星の音の食事は、魔女たちが暮らす月の棟の食堂からテムがもらいうけてくる。臨月が近いというのに、星の音は日に一度の食事でじゅうぶんだという。朝は何も食べず、テーブルについていても、生まれてくる子のために産着を縫っている。

谷底の村にいたころ、二のおばに縫い物もしっかりしつけられてきたミアは、星の音のおぼつかない針はこびを、とてもみていられない。

「私が縫います」

というのに、

「自分の子の産着ぐらい、自分で縫いたいわ」

星の音は、針で指を刺してしまいながらもそういうのだ。

でも、今日は針をもたずに、小刀で木の枝のようなものをけずっている。何をしているのだろうと思いながらも、ミアは気にしなかった。

気にしないというより、気にしているひまがない。

「おまえは食が細すぎる。もっと食べろ！」

ウスズ様がミアの前に食べ物をつみあげるからだ。

朝食が終わって、これから斧の訓練かと、ミアはのろのろと立ちあがった。

「今日から行かんでいい」

ウスズ様が、むずかしい顔で首をふった。

「星の音が、おまえに斧は無理だろうという」

ほっとしたミアは、感謝するように星の音をみた。

「おまえは弓の民だ。弓のほうがあうかもしれないというのだ」

斧ではなく弓をにぎれということらしい。それも、星の音がいいだした。どういうことだ。

ミアはウスズ様と星の音をみくらべた。

「不満か？」

「私は部屋子です」

ミアは竜にいった言葉を、またくりかえす。

「そうだ。おまえは泣き虫でぐずでのろまなくせに、どうしようもないほどがんこな私の部屋子だ」

八の字によせられたまゆの下で、ウスズ様の黒い瞳がちらりと笑った。

「泣き虫はウスズ様もいっしょです」

呪いをかけられていたころ、二のおばや村が恋しくて泣くミアといっしょに、ウスズ様も泣いたのだ。それは王宮じゅうが知っている。

「こ、こやつ！」

ウスズ様が、こぶしでテーブルをたたく。

ひっと身をすくませたものの、ミアは怒ったウスズ様には、なれてしまった。もう、怖くもない。

星の音はくすりと笑い、テムも笑った顔をみられないように下をむいた。

「私もおまえは武器を怖がるといったのだがな。弓ができあがったら、星の音が、おまえに弓を教えるそうだ」

ウスズ様は、困ったものだというように星の音をみた。

ミアは、星の音が木の枝をけずっているのは、弓をつくっているのだとやっと気がついた。

「星の音は弓の民の魔女だぞ。弓をつかう。なかなかの射手だ。この傷をみろ！　わしの体に傷をつけたのは、星の音がはなった矢だけだ」

ウスズ様は、自分のチュニック*のすそをめくって、わき腹の傷あとをさしてみせた。

星の音はウスズ様をみもしないで、けずり終えた枝をしならせて糸をはりだす。

ミアは、弓の民の魔女たちがほうきにまたがって飛びながら、弓を射ることを思いだした。

「星の音は、きっときつい師匠ぞ。斧の訓練のほうが楽だったかもしれん」

ウスズ様が、気の毒にといった顔でミアをみる。

*チュニック…丈の長い上着

「ど、どうして？」

ミアには、星の音の意図がわからない。王宮は今、平穏だ。ミアごときが武器をにぎって戦う必要はない。

ウスズ様と星の音は、何百年も前の王座をめぐる戦いのすぐあとに呪いをかけられた。そして、よみがえったばかりだ。まだ、戦いをひきずっているのだろうか？

「なぜ、星の音という名なのかわかるか？」

ウスズ様が星の音にあごをしゃくる。

星の音のひざの上には、こぶりな弓ができあがっている。それをテーブルにおくと、鳥の羽根をそろえだす。矢をつくるのだとミアにもわかった。

「星の音は星の声をきく。星の声をきく魔女は、めずらしい。昔は斧の民の魔女にもいたそうだが、今はおらん。今生きている魔女の中では星の音一人だけだろう。とはいえ、星の音はまだ修行中のようなものだ。谷の子が斧をふるのと同じというわけだ」

ウスズ様は、あははと笑い、

「星の声をきくより、弓のほうが得意だというのだから、私の奥方は武闘派ということか」

と、ため息をついた。

とても武闘派にはみえない星の音は、笑いもせず、小さく肩をすくめただけだ。

「そ、それじゃ、竜に乗る練習も、斧の訓練も――」

ウスズ様の竜は、最初から星の音がいいだしたことだと思っていたのだと、やっとわかった。でも、どうしてだ？

星の音は矢をつくる手をとめて、とまどっているミアにむきなおった。

「おばあ様からいただいた名なの。おばあ様は、いつ何が起こるというように星の声をはっきりきいたわ。でも、私にはまだ、そこまではきこえない」

星の音の声は低く、とろりとやさしい。

「星の声？」

ミアには、なんのことなのかわからない。

「この世に生きているものはみな、空に自分の星をもっているわ。ミアの星もある」

王宮でミアを谷の子と呼ばないのは、星の音だけだ。罪人の暮らす村から来たから谷の子と呼ぶ。その罪が弓の民だからというなら、自分も弓の民だ。ミアを谷の子とは呼べない、といいはった。王宮のしきたりに反するとウスズ様がしかったが、星の音は初めて会ったときからミアと呼んだ。

ふれるとこわれてしまいそうにみえて、自分の思ったことはしっかりとつらぬき通す。星の音はそんな人だ。

「ミアの星もある。ウスズの星のとなり。小さいけどよくかがやく星だわ」

星の音をみつめていたミアは、空をみあげていた。

朝の空に星はみえない。

「おばあ様のように、くわしくはわからない。でも、ミアはいまに何かに立ちむかうことになる。それがミアのこれからのことに大きくかかわっていく。ミアに何かが起こる。それはわかるわ」

「信じろ」

ウスズ様がうなずいた。

「立ちむかう――」

ミアは星の音の言葉をくりかえしていた。

「どんなことなのかはわからない。戦うということかもしれない。もちろん、武器をもって戦うことではないかもしれない。でも、ミア、私はおまえにどんな力でも身につけておいてほしい。戦いもしないでおめおめと負けることは、私がゆるさない」

星の音のやさしい声がいった言葉とは思えなかった。

テムもおどろいたようで、テーブルをかたづける手をとめた。

ウスズ様は、ほれみろ！　というように小さなため息をつく。きつい師匠だといったのは、このことらしい。

「ミアに今、望みはないのでしょう。望みがどういうものかもわかっていない」

望み？　ミアは首をかしげた。今は部屋子として暮らすことに満足していた。

「望みはじょじょに育つときもあれば、突然あらわれるときもある。その望みをつかみとる力を身につけてほしい。そして、望みは欲に化ける。その欲にのみこまれぬよう、欲を飼いならすことができるよう、ミアに力をつけてあげたい。ゆっくりでいいと思っていた。でも、そう時はなさそうなのよ」

星の音の瑠璃色の瞳は強く光った。

第章　闇倉へ

ドアをたたく音がしていた。

テムが、こんな朝早くから誰だ！　というように玄関へ出ていったが、すぐ、

「ウスズ様、奥むきから御使者です」

とあわてた顔でもどってきた。

「奥むきから？」

ウスズ様も何ごとだと立ちあがった。

王宮の崖側は、竜騎士たちが暮らす日の棟と魔女たちが暮らす月の棟にわかれる。その中央に、竜たちが何十頭もおり立てる大きなテラスがある。テラスから奥にむかってトンネルがあ

り、そのトンネルのむこうは大きな亀裂が崖に平行に走っている。亀裂にかかる橋をわたると、王族が暮らす奥むきがある。ミアは橋をわたったこともなかった。

その奥むきから、幽霊屋敷と気味悪がられ、月の棟のはしに追いやられたウスズ様の屋敷に使者が来たのだ。

星の音のまゆはくもり、ミアも、嫌な予感がした。

「谷の子、谷の子！」

ウスズ様が呼びたてる。

「はい」

立ちあがったミアの声はかすれていた。星の音が心配そうにミアをみた。

ミアは玄関へ走った。

普通、奥むきと竜騎士や魔女たちとの連絡は女官がする。でも、玄関に立っているのは小柄なおじいさんだった。

二のおばは、どんな大きな事件もささいなことから始まる、まわりの変化へ目をくばるようにとミアをしつけた。何か、いつもとはちがうことが起こったらしい。ミアは、白髪頭を刈りあげた、奥むきの人らしく宝石で装飾された斧を腰にさすおじいさんをみつめた。

「おお、谷の子とはおまえ様か。私は、宝物殿のマカド様の執事でオゴと申します」

オゴと名乗ったおじいさんは、飛びつくようにミアの手を両手でにぎる。

王宮で、こんなにていねいにあつかわれたことはない。ミアは困ってしまって、ウスズ様をみあげていた。

「マカド様が、おまえに来てほしいそうだ。人目につかぬうちに早く行ってさしあげろ」

ウスズ様がミアの背をおしだす。そして、

「ジャはもっておるな」

と小声できく。

ミアはうなずいた。

ミアは、チュニックのポケットにクルミのからに入ったジャをいつも入れていた。

ジャはどんな傷もたちどころに治す薬だ。ミアの村に自生する草で、その草のエキスを油にねりこんでつくる。でもその薬は、ミアの村の者がつかわなければ油のままだ。

ただの部屋子のミアが奥むきに呼ばれるのは、ジャをつかえるからだ。呼びに来た使者は女官ではない。マカド様という人のところに、他人に知られずに傷を治したい人がいる。

ウスズ様も人目につかぬうちにといった。ウスズ様も事情をさっしたらしい。

ウスズ様は、わかったな、とミアをみた。ミアもうなずいた。

オゴはもう、月の棟の廊下をかけだしていた。

月の棟には魔女たちが暮らす。夜にでかけて明け方に帰ってくる魔女たちは、今はもう寝静まっていて誰の姿もない。オゴとミアの足音がひびくだけだ。中央テラスにも、人も竜もいない。オゴはトンネルをかけぬけた。

トンネルをぬけたら、橋のむこうに番兵たちがみえた。すると、オゴは、何ごともなかったように歩きだす。オゴのあとにつづくミアも、はずんでいる息に気づかれないようにうつむいた。

番兵たちは、オゴにていねいに頭を下げる。オゴもうなずきかえした。

奥むきも亀裂にそって廊下がつづき、それぞれの屋敷へむかう門がある。そして、どの門の前にも必ず番兵がいた。番兵たちは、通りすぎるオゴにていねいに頭を下げた。

執事という役職がどんなものなのかミアにはわからなかったが、伝言をもって走ってくるような立場ではないらしいとわかった。

オゴは廊下のいちばんはしにある門の前に立った。番兵たちが、

「お帰りなさいませ」

と、二人がかりで大きなドアをひき開けた。ここが宝物殿らしい。

ドアのむこうは大きな部屋だ。机がいくつも島のようにおかれ、そこで帳簿のようなものをめくっている人たちや、床に敷物をしいて、その上で壺や装飾品の手入れをしている人たちがいた。その部屋の壁に番号をふった扉が並んでいた。そこが倉なのだろう。

「竜選びの式典につかう壁かけを、三番倉からはこびだせ」

帳簿をかかえた人がせわしなく声をかけていた。何人かが一つの倉の戸をひき開ける。

「式典後の宴会でつかうカップは、黄水晶のものをと王妃がおおせだ」

また何人かが、ちがう扉へかけよっていく。

王子が乗る竜を選ぶ式典が、そろそろ開かれることをミアは思いだした。

宝物殿で働く人たちは、忙しそうにしながらもオゴに黙礼をする。オゴはミアをしたがえて机や敷物の間を縫うように進み、部屋の奥にあったトンネルに入った。そのトンネルはどんどんせまく低くなる。小柄なオゴでも背をかがめなければいけないほどになったとき、ドアがあった。

ミアは、オゴが開けたドアのむこうの光景(こうけい)に目をみはった。

空が広がっていた。足の下には湖がある。瑠璃(るり)の鉱脈(こうみゃく)が深くえぐれて、水がたまっている。いや、風むきでむっとした蒸気(じょうき)がおしよせてくるところをみると、お湯だ。王宮を流れているお湯はここから来るのかもしれない。

風で波だつ湖面を、朝日がきらめかせている。瑠璃(るり)の色を濃(こ)く映(うつ)してか、黒い湖にみえた。湖の真ん中に、瑠璃色(るりいろ)の島がぽつんとつきでている。ミアの立っているところからそこへ、人一人がやっとわたれるつり橋がある。

オゴはそのつり橋をかけおりる。下へむかうつり橋は大きくゆれた。ミアは、怖(こわ)くて足をふみだすことができない。

「急ぐのでございますよ」

オゴが初(はじ)めてふりむいて声をかける。

ミアは大きく深呼吸(しんこきゅう)して、なんとか足をふみだそうとした。両わきの綱(つな)をにぎっても、足は動こうとしない。あまりの高さに目がくらむようだ。

「おぶいましょうか」

オゴがしゃがみこもうとした。

「い、いえ。大丈夫です」

声を出したら少しおちついた。毎日竜にまたがって崖をおちているのだ。これぐらいなんともない。ミアは自分にいいきかせた。足はなんとか前に出た。

「おまえ様のような谷の子が王宮にいると知ったのは、ついさっきだったのです」

あたりに人がいないからか、ミアの恐怖をそらそうとしてか、オゴが話しだした。

「私どもは宝物を守るのが役目。めったに屋敷をはなれません。それにマカド様は、お人嫌いでございましてな。ウスズ殿が復活された祝いの宴にも、おでかけにはなりませなんだ」

ミアも、お祝いの宴が奥むきであり、ウスズ様と星の音が呼ばれたことを覚えていた。甘い果物をねりこんだやわらかいパンを、みやげにもらった。

「いつも二人の侍女がここまで来て、マカド様がまだお休みの間に、掃除や食事のしたくをいたします。その一人がまだなれないもので、おしゃべりでございました。マカド様が目をさましてしまわれると、しかろうと思ったのでございます。そのとき、話していたのがおまえ様のことでございました。やけどをした仲間がいたらしく、ウスズ様のところの谷の子に頼めばすぐ治してくれるのにといったのを、私がきいておりました」

「どなたか、けがをなさったのですね」

その侍女の仲間のために、ミアが呼ばれたわけではないのだろう。

オゴがうなずいたとき、つり橋をわたり終えていた。島自体が屋敷だった。

テラスをめぐらせた屋敷だ。テラスに湖のお湯がうちつけられて床をぬらしていた。お湯はふえることはないのだろうか。雨でもふれば、この屋敷はお湯の下に沈んでしまいそうだ。

オゴはテラスからつづく人気のない部屋へ飛びこんだ。机もいすもチェストも、花模様をほりこんだ華奢なつくりだ。床の敷物もベッドの毛布も、いくつもの大きな花瓶に生けられている花も、みんな白い。

テラスからふきこむ風がお湯の蒸気をつれてくる。その中に血のにおいがした。

「マカド様！」

部屋の反対側にあるテラスにオゴが飛びだした。

テラスの手すりに背をあずけた、血の気のうせた青白い顔の女の人がいた。顔に切り傷がある。白いチュニックも、何かするどいもので切られたようにさけ、血がにじんでいる。でも、いちばんひどいのは太ももだ。血まみれの両手で傷口をおさえているが、血はとまっていない。

明るいくり色の髪を三つ編みにして頭に巻きつけているが、それも乱れて、目をとじ、色のないくちびるをかみしめていた。この人がマカド様だ。

「谷の子がまいりました」

「水ときれいな布を」

ミアはマカド様のそばにかがみこもうとして、マカド様のまわりに、キラキラ光る透明な破片がちらばっていることに気づいた。

この破片で傷ついたのだろうか。ミアは、マカド様の傷をおさえている手をどけようとした。

マカド様は目を開けた。はしばみ色の大きな瞳がミアをみた。ミアは、大丈夫だとうなずいてみせた。

マカド様の手をどけると、太ももの傷口がみえた。顔の傷とはちがう。きり傷ではない。えぐられたような、何かにかまれたようにみえる。そう大きなものじゃなくても、何かけものにかまれたようだ。何にかまれたのだろう。

目をあげると、マカド様の視線とぶつかった。マカド様はミアの顔をみていた。

「血はすぐとまります。傷口も四、五日もすればなくなります」

オゴがおけに入れた水と布をもってきていた。ミアはジャをぬりこんで、マカド様の太もも

を布でしばった。顔の傷にもジャをぬりこんだ。

「闇倉へ」

手当てが終わると、マカド様は自分の斧のとなりにはさんであった鍵のたばをオゴにさしだす。オゴはうけとったものの、心配でマカド様のそばからはなれられないらしい。

「痛みが消えた」

マカド様が、信じられないというようにつぶやいた。

オゴは、ほっとした顔になると鍵たばをにぎって部屋へかけこんでいった。

「立たせて」

マカド様は立ちあがろうとしていた。

ミアが肩をかすと、ゆっくりと立ちあがり、あそこへというように、机へあごをしゃくった。ミアにもたれるマカド様から、血のにおいにまじって花の香りがした。

何か調べものをしていたらしく、机の上には紙のたばがつみあげられ、床の上にも紙がちらばっている。

マカド様はミアにもたれながら、倒れるようにいすにすわりこんだ。

後ずさろうとするミアの手を、まだ血が残るマカド様の手がつかんだ。その冷たさにミアは悲鳴をあげそうだった。

「帰るのか？」

マカド様はミアをみていた。

ミアは、マカド様の手をさりげなくふりほどくのがやっとだった。マカド様は、さっきからミアをみつめているような気がしてしょうがない。オゴは、マカド様は人嫌いだといった。

帰りますと、ミアはうなずいた。

「おお、そうだ。褒美をやろう」

マカド様の視線はミアからはなれない。

ミアは、いりませんと首をふった。

マカド様の視線をあびるのがつらい。どうして、こんなにみつめられなければいけないのだろう。ミアは目をふせていた。

「いらんのか？」

ミアはうなずいた。うなずくのがやっとだ。

「褒美もやらぬまま帰すわけにはいかぬなぁ」

なんとか目をあげると、マカド様は、机にひじをつき両手であごをささえて、ミアをみつめつづけている。何か疑っているような、たくらんでいるような、おもしろがっているような、ミアには見当がつかない視線だ。

二のおばよりは若いだろうか。つんと高い鼻、大きな瞳、さっきまでかみしめていたくちびるは薄い。そのくちびるのせいか冷たい人のようにみえる。

「宝物殿のマカドが褒美をやろうといっておるのだ。何がもらえるか興味はないのか。何がいい？　宝石をちりばめたくしか？　首飾りか、指輪がいいか？　王子がほしがっていた木馬でもいいぞ。木馬にまたがる年ではなかろうが、女王ばらの木でできておる。木馬の頭にばらの花が咲く。そのばらの色で占いをするんじゃ。まあ、子どものおもちゃだがな」

マカド様は、あれがいいか、これがいいかといいながら、ミアを困らせておもしろがっているだけのようだ。

ミアは、マカド様の視線をさけるように、目をそらした。

「水うさぎの皮がほしいのか」

マカド様は、ほう、みつけたな！　という口調だ。

「矢のあとがあるがのぉ」

マカド様の目は、ミアの少しの表情の変化も、みすごすまいとするようだ。

ミアにはなんのことかわからない。矢のあとというのが気にかかっただけだ。今日はどういうわけか弓がミアにまとわりつく。

マカド様は、なんだ知らんのかというように肩をすくめて、あれというしぐさであごをしゃくった。

ミアがうつした視線の先に寝いすがあった。そこに真っ白につやめく大きな毛皮がかけてある。そのことらしい。うさぎだというが、大きな寝いすをおおっている。水うさぎは馬ほどもあるらしい。

「昔はこの湖に群れをなしておったがの。いつのまにかいなくなった。貴重なものぞ。軽くあたたかく、水をはじく。もっていけ」

なんでもいいから褒美をもらって帰ってしまいたかった。でも、そんな貴重なものをもらうわけにはいかない。

「いい帯だのぉ」

マカド様の視線がミアの顔から帯へうつった。よくみようと机の上に身を乗りだす。

ミアの緊張がゆるんだ。

二のおばが、村を出るミアのために何か月もかけて刺繍(ししゅう)した帯(おび)だ。村ではもちろん、王宮に来てからもミアの帯(おび)をほめる女の人は多い。

「母御(ははご)がつくったのか？」

ミアは首をふった。

マカド様は、ちがうのかというようにいすに背(せ)をもどす。

「おっ、ウスズ殿(どの)の部屋子が斧(おの)をさしておらんのか？　わらわが幼(おさな)いころさしていた斧(おの)をやろうか。それとも弓のほうがいいか。弓の民(たみ)の王女がつかったという弓がある」

はっと顔をあげていた。まっすぐにみつめてくるマカド様の目とぶつかる。

マカド様はミアが弓の民(たみ)の末裔(まつえい)だと知っているのだろうか？　王宮につれてこられる谷の子の先祖(せんぞ)の罪(つみ)はさまざまなはずだ。弓の民(たみ)の末裔(まつえい)だから、嫌(きら)われているのだろうか？　そう思いかけたが、マカド様の目のどこかに、何かがひそんでいる。なんだろう？　ミカド様は、ミアの知らない何かを知っている。でも口に出そうとはしない。いらいらした。いたたまれなかった。あとでしかられてもいい。このままここから逃(に)げてしまおう。ミアがそう決心したとき、

「マカド様！」

オゴの声が、かすかにきこえた。

「あれは眠ったと思ったのに」

マカド様は、あわてて立ちあがる。痛みもすっかりないようだった。

「いっしょに来い！」

と、マカド様はかけだしていく。ミアをまだ帰すつもりはないらしい。ミアはのろのろとあとを追った。

マカド様の部屋のすみに、床につけられた、扉があった。そこにもまだ血が残っていた。

マカド様はその扉をひき開けた。下へむかう階段がある。マカド様は、その階段をなれた足どりでおりていきながら、

「閉めてこい」

と、あごをしゃくった。

階段を何段かおりて扉を閉めると、あたりは真っ暗な闇だ。

ミアがとまどっているのをわかったように、

「壁を伝っておりろ」

とマカド様の声がした。

階段をおりているマカド様の足音がした。

ミアは手で壁（かべ）をさわりながら、なんとか闇（やみ）の中を動きだした。

小さな明かりが闇（やみ）の中にみえたとき、階段（かいだん）が終わった。ずいぶん下までおりてきたと思う。

オゴが小さなろうそくをかかげていた。その明かりの中にオゴとマカド様がいた。

「かまれたか？」

マカド様がオゴにきいた。でも、マカド様はオゴをみていない。闇（やみ）の一方をみつめたままだ。

「いえ。かすっただけでございます」

オゴも同じほうをみている。

闇（やみ）のその方向から、うなる声がする。

明かりのほうへ近よると鉄格子（てつごうし）がみえてきた。うなるものはその中にいる。

「目覚（めざ）めましたなぁ」

オゴがむずかしい顔をしていた。

「あれでは手におえまい」

マカド様がまゆをひそめるのがみえた。

「楽しみにしておったのに」

マカド様は悔しげだ。

「これでは、どうしようもございません」

オゴが首をふった。

明かりの中へミアも立った。

鉄格子のむこうに、うなっているものがいた。マカド様にかみついたものだ。ミアは目をこらした。

闇に目がなれたのだろうか、小さな明かりがとどかない闇にでも、闇より黒いものがうごめいているのがみえた。小さい。けもののように思える。猫ほどの大きさだ。

闇のかたまりのようなものは、ふーと声をあげると鉄格子に飛びかかってきた。いきおいよくぶつかって床へはね飛ばされる。

鉄格子があるとわかっていても、ミアは後ずさっていた。

闇のかたまりは、うなりながらまた鉄格子に飛びかかる。鉄格子は、そのいきおいでもびくともしない。

「王におうかがいを立てましょうか？」

「いや、わらわの思うようにせよといっていただいておる。どうしてこんなものが――」

マカド様は、鉄格子の中であばれまわるものをみつめている。

「魔女殿なら何かご存じかもしれません」

オゴがそういった。

「うーむ」

マカド様は、どうしようというようになっている。

闇のかたまりは、威嚇する声をあげながら鉄格子に体をぶつけつづける。マカド様たちに飛びかかりたいのだ。かみつきたいのだ。

あんないきおいでぶつかっていたら、いまに骨がくだけてしまう。ミアはそう思った。闇のかたまりの中に目があった。竜たちと同じ緑色の目だ。こんなにあばれている。怒っているのだ。

怒っていても、その目は血ばしってはいない。すんだきれいな目だ。

「これではどうしようもあるまい。火をかける」

マカド様が冷たくいいはなった。

ミアは、小さな明かりに照らされるマカド様の顔をみあげていた。マカド様の横顔は近よりがたいほど冷酷にみえる。

火をかけるということは、焼き殺すつもりだ。ミアの体じゅうに冷たいものが走った。かわいそうにと思った。何かわからないが、マカド様たちが思ったものではなかったらしい。だから焼き殺すという。ひどい！　と思った。うなってあばれる闇のかたまりが、かわいそうでたまらなかった。

ミアがそう思ったのを感じたように、闇のかたまりの緑色の瞳がミアをみた。闇のかたまりは、小さくうなった。さっきのような威嚇する声ではない。甘えるような声で、ミアのほうへ体を動かした。鉄格子にからみつくように、体をすりよせている。

マカド様とオゴの目がミアにうつった。

「谷の子、近よってはいけませぬぞ」

オゴがそういうより先に、ミアは鉄格子のそばにしゃがみこんでいた。

緑色の瞳はミアをみあげていた。すがりつくような目だ。何かわからないが小さな命だ。

鉄格子のすき間にミアの手がすべりこんでいた。

「あっ！」

マカド様とオゴが声をあげた。

ミアの手は、闇のかたまりをなでていた。ごわつく長い硬い毛だ。闇のかたまりは、気持ちよげに甘えた声でうなる。まるで猫のようだ。ミアの手は、闇のかたまりの目の上をなでた。緑の瞳がゆっくりとじていく。

「おお！」

オゴがおどろいたような声をあげた。

闇のかたまりは、疲れたというように床に体を丸めた。

「あんなにあばれたんだもの。今度は、お眠り」

ミアがなでつづけると、寝息をたてだした。

「マカド様、おとなしくなりました」

「じゃが、竜ではない」

マカド様は、竜だと思っていたらしい。

「災いをなすものでしょうか？」

オゴは首をかしげている。

「こうしていると、ただのけもののようですが――」

オゴは、おとなしくなった闇のかたまりを不思議そうにみつめる。

「ただのけものであるはずがなかろう。王宮に災いをなすとわかってからでは遅い」

マカド様の声はあいかわらず冷たい。

「やはり――」

マカド様が意を決したというように声を高めた。焼き殺すつもりだ。

「私に、私にこれをください」

ミアの口が勝手にそういっていた。

自分でも信じられなかった。でも、どうしても、ミアの手の下で安心したように眠りだしたこのわけのわからないものを、み殺しにはできなかった。

「これがなんなのかわかっておるのか」

マカド様がミアをみおろす。

ミアはうつむくことしかできない。

「でも、生きてます。命です」

ミアは頭をふりあげていた。

「猫の子や鳥のひなではないのですぞ」

オゴも、あきれたようにミアをみている。

「マカド様は、褒美をくださるとおっしゃいました。私にこれをください」

ミアは立ちあがると、黒いけものを背にかばうようにマカド様とむかいあった。

マカド様の冷たいくちびるが何かいいたげにゆがむ。でも、ゆがんだだけだ。

「そうよなぁ。わらわは約束したなぁ」

マカド様はすぐに無表情な顔にもどると、しばらく考えこんで、やがて小さくうなずいた。

「褒美としてつかわす。だが、これがなんなのかつきとめろ。災いをなすやもしれんとわかったときには、おまえが処分しろ。そう十日、日をやろう」

と、小さな明かりの中からぬけだしていく。

「マカド様！」

オゴが、とんでもないというように声をかけたが、マカド様はもう闇の中に消えていた。

そして上から四角い光がさしこんだ。マカド様が扉を開けたのだ。その光の中に階段をあがっていくマカド様の後ろ姿がみえる。

ミアは、マカド様からはなれられたことに、心底ほっとしていた。体じゅうから力がぬけていきそうだった。

第三章　コキバ

「おまえ様は大変（たいへん）なことを申しでられたのですぞ」オゴがそういっていた。

「おまえ様、きいているのですか？」

何度か同じことをいっていたらしい。やっとオゴの声がミアの耳にとどいた。

「あ、あの、これはなんなんですか？」

ミアは、自分がいってしまったことにうろたえた。黒いけものをもらいうけたのだと、あらためて思う。

オゴは、そんなミアにあきれたというように肩（かた）をおとした。

「これは、この王宮に大昔から伝（つた）わる宝物（ほうもつ）でございます。いや、宝物（ほうもつ）でしたといったほうがいいかもしれませんなぁ」

オゴは、ため息をついた。

「宝物殿でお守りする宝の中でも、闇倉でお守りするものは、いわくつきのものが多うございましてな。単純にお宝とばかりはいえない、危険をともなうかもしれないものもございます」

オゴは、闇のむこうへ目をやる。この闇の中にまだそんな宝物があるのだろう。

「これは、ひとかかえもあるダイヤモンドのかたまりでございました。中に光が眠っているといい伝えられておったのでございますよ。満月の次の朝に、日の光をあびさせて、光が目覚めるのを待っておりました」

「今朝、目覚めたというか――」

ミアは言葉をとぎれさせていた。目覚めたという感じではなかっただろうと思うのだ。

「はい。まさかこれが、こんな形になろうとは。これは闇倉の中でも、心配はしておりませんでした」

オゴもミアがいいたいことがわかったように、にがにがしげにうなずいた。

「いつものようにマカド様が光をあびさせていらしたのですが、突然、マカド様の腕の中でくだけちりました」

テラスで倒れていたマカド様のまわりに、光る破片がちらばっていた。あれが、そのダイヤモンドだ。

「くだけちったダイヤモンドの中から、これが飛びだしました。抱きかかえようとしたマカド様にかみつきましてな。私がなんとかここに閉じこめたのでございます」

オゴは、これではなかったというように肩をおとす。

「何が出てくるはずだったんですか？」

「それは、わからないのですよ。でも、光が眠っているといわれていたのですよ。これは、闇でございましょう」

オゴは、黒いけものをみた。

「マカド様も、楽しみになさりながら、いろいろお調べでございました。マカド様は、光りかがやく竜だろうとおっしゃっておいでした。そろそろ、王子も竜を選ぶお年頃になりましたでしょう。マカド様は竜選びにこの光の竜を出そうと思っていらしたようです」

オゴはいまいましげだ。

「竜の子ではないのですか？」

ミアは成長した竜しかみたことがなかった。でも、この黒いけものの瞳は竜たちと同じ緑色だ。

「竜の子なら、生まれたてでも、しっぽが長いはずです。これは、しっぽがあるかないかわかりません。翼もない。それに、竜には毛はございませんし、あまりに小そうございます」

　オゴは竜ではないと首をふり、

「生き物だろうとは思っておりましたが、まさか、こんな凶暴なものだとは――」

　オゴの言葉をききつけたというように、眠っていると思った黒いけものが目をうっすらと開けた。

「凶暴じゃありません」

　ミアは、ねぇというように黒いけものをみた。緑色の瞳は、ミアの言葉がわかったように、そして、そういってほしかったというように、またとじていく。黒いけものと心は通じるのかもしれない。ミアはそう思った。

「おまえ様にはおとなしゅうございますなぁ」

　オゴは、ミアと黒いけものをみくらべていたが、

「これが何かたしかめる十日の間、どうなさいます？　おまえ様がここへ通ってこれの世話をなさいますか？　それとも、つれてお帰りになりますか？」

ときく。

「つれて帰ります」

マカド様の顔を毎日みるなど、とんでもなかった。

小さな檻を用意するというオゴの申しでをことわって、ミアは黒いけものを抱きあげた。それは、ミアの腕の中に猫のようにおとなしくおさまった。

闇倉から上へあがり、机にむかっているマカド様に、ぺこりと頭を下げたミアは、そそくさと屋敷を飛びだした。マカド様は、ミアをみようともしなかった。

つり橋のたもとまで送ってきたオゴが、

「魔女殿におうかがいを立ててごらんなさいまし」

とささやいた。

黒いけものをかかえているので、つり橋の両わきの綱をにぎることができない。それでも、のぼるほうが楽なのか、さっきより怖くなかった。

黒いけものをみられないようにうつむいて宝物殿をぬけ、奥むきの廊下を足早に進んだ。

ほっとしたのは月の棟の廊下へ入ってからだ。

ウスズ様の屋敷を出てから、何日もたったような気がした。歩調をゆるめたミアは、やっと

おちついて自分の腕の中をみた。

　ごわつく真っ黒な毛の生き物。頭と四本の足の区別は抱き上げるとわかるが、はなれていると黒い毛のかたまりにしかみえない。今はとじているが、目はある。

　目の下に、マカド様にかみついたきばのはえた口もある。耳もあるのだろうが、毛並みのせいかはっきりとしない。しっぽはないようだ。いったいなんなのだろう？　でも、生まれたての赤ん坊だ。ミアは、自分の腕の中で眠る生き物をかわいいと思った。


　ウスズ様の屋敷の前に来て、ミアは、どうしようと立ちどまってしまった。勝手にわけのわからないものをつれてきてしまった。ウスズ様にしかられるかもしれない。捨ててこいといわれたら、どうしたらいいいんだろう。うじうじと考えていたら、

「どうしたの？」

　竜だまりにいたウスズ様の竜が、ミアが帰ってきたことに気づいた。

「あ、あの。つれてきてしまったんです」

　おずおずと近づくミアに、竜は顔をよせる。

「なんだろう？　初めてみる」

ウスズ様の竜は首をかしげた。

その気配に黒いけものは、ゆっくりと目を開けた。それは、ウスズ様の竜をじっとみつめた。

「ふーん」

黒いけものをみたウスズ様の竜は、そういっただけだ。

やはり竜の子ではないのかと思うが、捨ててこいとはいわなかった。ミアは、なんとなくほっとしていた。災いをなすものではないらしいと思ったのだ。


ウスズ様の屋敷に入り、マカド様からご褒美をいただいてきたというと、

「これが、褒美か！」

ウスズ様は、ミアの腕の中をのぞきこんで目をみはる。

すっかり目をさましていた黒いけものは、ウスズ様をみてうなった。

「おお、一人前にうなりおる」

ウスズ様は、黒いけものをつつこうとする。その指に黒いけものは、きばをむいてかみつこうとした。

「おまえになど、かみつかれんぞ」

ウスズ様はおもしろそうだ。

どれどれと近よってきたテムにも、きばをむく。

ミアが、やめなさいというように頭をなでると、黒いけものは、低くうなって体を丸めた。

ミアが宝物殿でのことを話し終えると、

「ふん。こんな小さいきばにかまれたぐらいで、大騒ぎか。焼き殺すことはあるまいに。谷の子。よく、もらってきた」

ウスズ様はミアをほめて、

「これがなんなのか、たしかめろとおおせか」

と、すぐまゆをよせた。

「ミアの星がいう、何かに立ちむかうということのきっかけなのかもしれない」

星の音は、少し心配そうな顔をしたものの、

「でもミアが選んだのだもの、ここで世話をしてあげましょうね」

と、手をさしだした。

すると、黒いけものは星の音の腕の中に飛びこんでいく。

「こいつめ。谷の子と星の音にだけはおとなしいのか」

　ウスズ様は、チッ！　と舌をならしたが、

「こいつが何かたしかめる前に、何か食わせんでいいのか？　腹をすかしていたらかわいそうだ。まず、水をやってみろ！」

と、わんに入った水をミアにもってこさせ、うまく飲めないとわかると、

「スプーンならどうだ」

とテムにいいつける。それでもうまくいかないと知ると、

「布にひたして、吸わせてみろ！」

と、黒いけものを抱く星の音のまわりでどなりたてる。

　黒いけものがひちゃひちゃ布から水を吸うと、

「おお、そうか。飲めるか？　うまいか？　乳のほうがよくはないか」

と首をかしげた。

「日の棟の調理場なら何かの乳があるだろ。いただいてこい。待てよ。きばがあるのだ。小さいがな。おお、そうだ。谷の子、こやつの名はコキバがいい。コキバにしろ」

　ウスズ様は、黒いけものの名前を決めて、

「やわらかめの肉もいただいてこい！　食えるかもしれんぞ。そうか。食えば、出すぞ。わらをしいてやらにゃいかん。わらもだ！」

とうるさい。

「弓のけいこと思っていたけど、それどころではないわ。先が思いやられるわね」

星の音は、笑いながら自分のおなかの子にそうつぶやいた。コキバの世話をやくウスズ様をみて、自分の子が生まれたら、もっとうるさいだろうとため息をついている。

ミアは、つれてきてよかったと、ほっとしていた。あと十日のうちにこれがなんなのかたしかめなければいけないことは、心にひっかかっていたが、ミアがつれてきた小さな命は、ウスズ様の屋敷で歓迎されていた。


かごにやわらかい布をしいてやって、そこへ寝かそうと星の音からコキバをうけとった。そして、あれっと星の音をみた。

硬いごわごわした手ざわりだったコキバの毛が、つやめいたやわらかい毛並みに変わっていたのだ。毛の長さも短くなっている。

「私は何もしていなくてよ。ただなでていただけ。そのうちに変わっていった。変わっていったというか、成長したというのかしら？　そりゃ赤ん坊だもの。成長するわね」

星の音は当たり前だけど、と首をかしげた。

「でも、この変わりようは、成長が早いだけではないような気がする。足もわかるようになってきてる。日が暮れたら、銀の羽のところへつれていって、みていただくといいわ」

星の音は、月の棟に暮らす魔女の名をあげた。


日がおち、あたりが暗くなりだしたのをみはからって、ミアはコキバを抱いて銀の羽の屋敷をたずねた。

そのころには、黒い毛のかたまりにしかみえなかったコキバは、四本足の動物だとわかるぐらいに変わっていた。

魔女は竜たちと同じで長生きだ。銀の羽は斧の民の魔女の長老だ。魔女は部屋子をおかない。が、銀の羽の姉は病気だったそうだ。それで、若いころ、谷の子として王宮につれてこられた二のおばが、看病をかねて部屋子をした。銀の羽は二のおばのことを覚えていた。二のおばをかわいがっていたらしく、二のおばが罪をおかしたとして王宮から追放されるとき、

「おまえはまだ若い。子をもつやもしれん。そのときは、おまえの子を王宮へよこせ」

といったそうだ。

二のおばは子どもをもたなかったが、自分の娘のように育てたミアが竜に呼ばれて王宮に来た。二のおばの姪のミアを、銀の羽はなにかと気にかけてくれていた。

銀の羽の屋敷は薄暗く、いつもひんやりとしている。雪をあつかう魔法を好むからしい。

銀の羽は、夏の盛りでも、世界中に吹雪を巻きおこせるといわれていた。

銀の羽はもう起きだして、天井からつるした鳥の巣のようないすにすっぽりおさまり、お茶を飲んでいた。ふわふわした白髪の銀の羽は、巣におさまったひな鳥のようにみえる。

若い魔女は人間の女と暮らし方はそう変わらないが、銀の羽ほどの年寄りになると地に足をつけるのを嫌う。宙に浮いているほうが楽になるらしい。屋敷の中でもほうきにまたがって移動し、寝るのもハンモックだ。ほうきをかたときもそばからはなさない。

「おお、谷の子か。や、なんじゃ？」

銀の羽はすぐコキバに目をとめた。

ミアは、床にあぐらをかいてすわり、足の間にコキバを入れて、宝物殿でのことを話しだした。

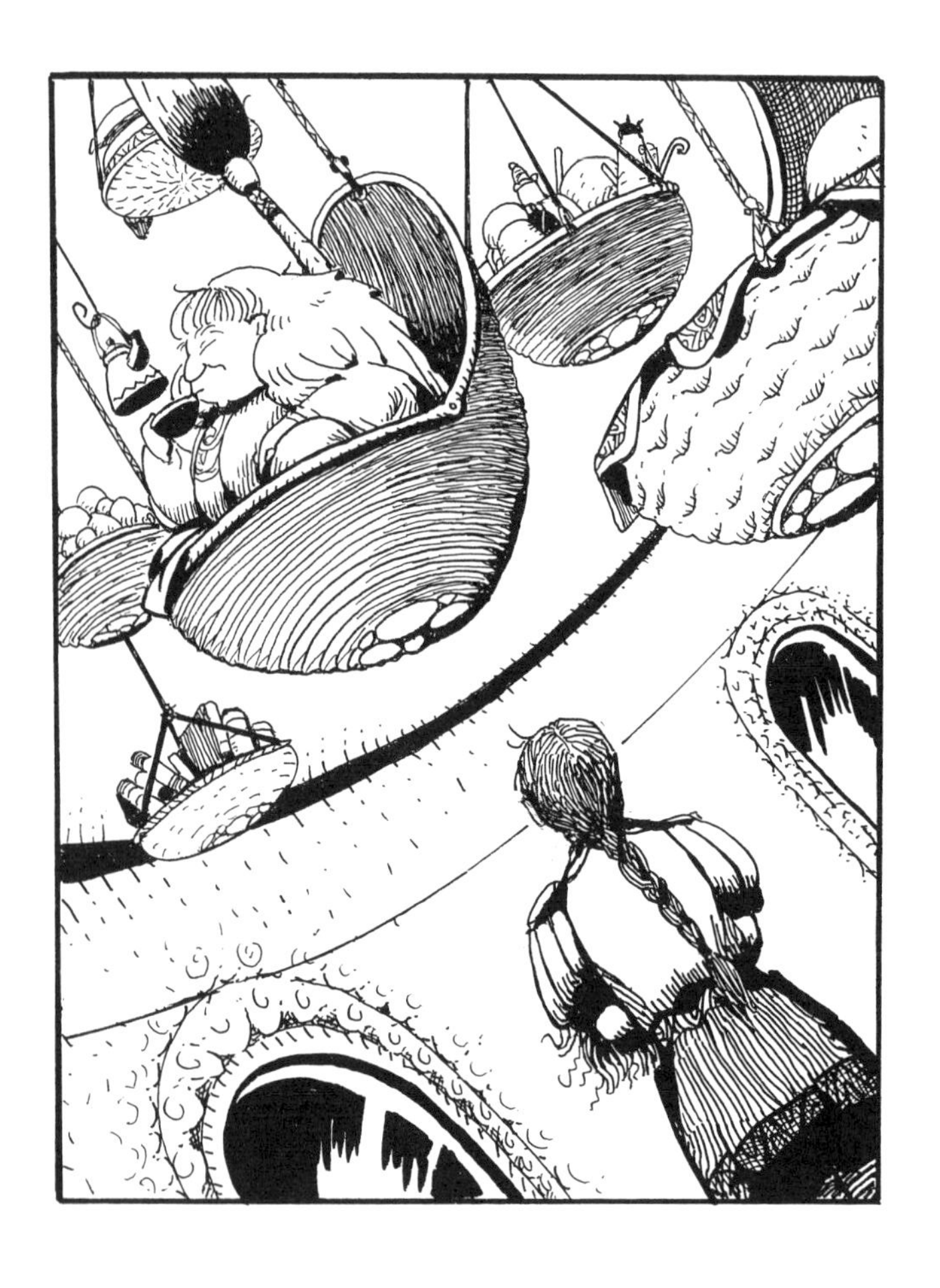

ミアがコキバをご褒美にかこつけてもらったことを話すと、

「おまえは、またかっとしてみさかいもなく、動きおったな」

銀の羽は、ミアをにらんだ。

ミアは、うなだれた。コキバの命を救うことしか思わなかった。頭に血がのぼると、後先のことを考える余裕がなくなる。悪いくせだと、銀の羽に直すようにいわれていた。

「闇倉の宝のことは、王族の秘密じゃ。知られたくないこともあるやもしれん。わしらにはようわからん。興味もないしのぉ。じゃが、焼き殺すことはなかろう。せっかく生まれたのじゃ。災いをなすものとはみえんがのぉ。まあ、もらってしまいおったのじゃから、しょうがあるまい。十日で、これが何かたしかめよとはのぉ。マカドも難儀なことをいったものよ」

と、しぶい顔をした。

しぶい顔をしてみせた銀の羽だったが、すぐ顔をほころばせると、

「じゃが、よう、かみつきおった」

と、来い！　というようにコキバに両手をさしだす。

ほめられたのがわかったらしく、コキバはひと飛びで銀の羽の腕の中にすっぽりおさまって

しまう。

　よくやったといわんばかりに、銀の羽はコキバをなでる。けげんそうなミアに気づくと、

「マカドはここ二十年というもの誰にも会おうとせん。闇倉の番人なのだからそれでいいかもしれんが、あれではオゴも苦労じゃ」

と、はきすてるようにいう。

　コキバはそんな銀の羽の手のひらに、自分の頭をすりつけていたが、腹もなでろというように銀の羽のひざの上であおむけになった。

「マカド様は人嫌いだとききました」

　ミアがそういうと、

「若いころはちがったぞ。陽気なわがままな娘でのぉ。王族の中でも、特に甘やかされて育った。斧づかいは竜騎士にも負けん。あれは宝物殿に生まれなければ、竜騎士にでもなりたかったかもしれんな。しかし、久しぶりに会った者がおまえとはのぉ。因縁じゃな」

　銀の羽は、意地悪げに鼻をならした。

「因縁――」

　ミアにはわからない言葉だった。

銀の羽が、ミアとマカド様に何か関係があるといっているのはわかった。でも、ミアは今日初めてマカド様に会った。どういうことだろうときこうとしたとき、

「これはオスかメスかわからんぞ」

コキバの腹の毛をなでていた銀の羽が、はっと顔をあげた。

「ウスズ様はオスだと思ってらっしゃいます——」

それでコキバという名なのだと、ミアは思っていた。メスならもっとやさしい名にするはずだ。

「ウスズは、おっちょこちょいじゃからな！」

銀の羽は、困ったもんだと、にが笑いする。

「毛の質が変わったといったのぉ」

銀の羽は、まゆをよせて考えこむ。

「はい。体つきも、最初はもっところっとした感じでした。足も首も短かったと思います。今は頭もわかりますし、よけいな肉がそげていくような、そんな感じです」

ミアはコキバの変わりようを伝えた。

「ふむ。しっぽらしきものもある」

銀の羽が、コキバのおしりのあたりをなでてうなずく。闇倉で、しっぽはなかった。オゴは、しっぽがないから竜の子ではないといった。でも、しっぽが出てきたらしい。

「やっぱり竜の子ですか？」

ミアがきくと、

「なぜじゃ？　なぜ、これが竜の子じゃと思うんじゃ？」

銀の羽は、けげんそうだ。

「マカド様は、光りかがやく竜が生まれると思っていらしたそうです。ダイヤモンドのかたまりから出てくるからだと思います」

「ほう。なるほどのぉ。毛も短くなってきたということは――。この変わりようでは、毛もなくなるやもしれんなぁ」

銀の羽は、しばらく考えこんでいたが、はっと顔をあげた。

「谷の子、これをつれて黒雲の都へ行け。春の泥棒市が開かれているはずじゃ。そこに、毎年けものをあつかう者が店を出すときいたことがある。その者なら、何か知っているやもしれん。一日でここまで変わるのだ。早いほうがいい。泥棒が集まる市だといわれておる。油断するでないぞ」

銀の羽は、泥棒市は黒雲の都の裏門のあたりにあると教えてくれた。

ミアは黒雲の都へ行くことになってしまった。

「黒雲の都にそんな市があるのか？　谷の子一人では心もとない。わしがついていってやる」

ウスズ様がおもしろそうだと身を乗りだしたが、

「明日から王子の竜選びの準備が始まります」

とテムにとめられた。

ミアは、宝物殿でもその準備をしていたことを思いだした。

王子の乗る竜を何十日もかけて選ぶという。王宮にいる若い竜はもちろん、世界中から自薦他薦の若い竜たちが集まる。その総指揮にウスズ様が任命された。竜騎士の中でも名誉なこととされている。

ウスズ様は、つまらんと鼻をならして、

「コキバが竜なら、おまえを選ぶのになぁ」

と、残念そうにコキバの頭をつつく。

コキバは、その指にかみつこうとはしなくなっていた。

「盗人が集まるようなところへミア一人で――」

星の音も、臨月まぢかでなければ、ついていきたい様子だ。

「王宮から来たと、気どられないほうが安全かもしれない。どうせミアは、斧はつかえないんだし、斧はもっていかないほうがいいわ。それに、コキバを盗まれたりしないように気をつけなければ」

と、縫いあげてあった産着を出してきた。

「コキバはいつ変わるかわからない。変わるところを誰にもみられないほうがいい」

星の音が心配するので、ミアはその産着にフードを縫いたした。

第四章　黒雲の都の泥棒市

次の日、夜明けとともに、コキバをおぶったミアはウスズ様の竜にまたがった。

フードつきの産着を着せられたコキバは、赤ん坊のようにミアの背にはりついている。その上を大きなストールでおおった。

ウスズ様と星の音をさがす旅に出てから、王宮を出るのは初めてだ。

ミアがまたがるウスズ様の竜は、赤岩の原をこえ平野へ出ると、昨日ふった雪がうすくつもる白い野を低く飛んだ。手をのばせば、雪をつかめそうだ。春になれば、王宮に来て一年になる。はるか昔のことのように感じた。

岩山の都をみながら平野をこえ、大きな川をこえた。目の前に山々がせまる。ウスズ様の竜は、その山へむかう。すぐ巨大な木々がおいしげる森の中へと入っていた。

ウスズ様の竜は、木々の間を縫うように飛ぶ。ミアは、目の前に突然あらわれる木々の太い枝をよけようと竜の背にはりつく。これぐらいでおちはしない。自信はあったが、背中のコキバが心配だった。

「大丈夫だよ、怖くないからね」

と声をかけて、コキバが足をばたつかせていることに気がついた。

谷底の村にいたころ、小さな従妹のパミをおぶって子守をしたことがある。パミは楽しいとこんなふうに足をばたつかせた。

「楽しいの？」

コキバはそうだというように、低くうなった。

巨大な木々が低く小さくなって森をぬける。視界が開けてくると、黒い壁がそそりたっているのがみえてきた。ドドーンと地をゆるがす音もする。

もっと近よると、壁ではなく雲だとわかった。

山と山の間をうめるように黒雲がわいて、どっしりといすわっている。その雲の中を紫色の稲妻が走っていた。

あそこが黒雲の都だ。王宮からそう遠くないのだと思ってほっとする。そして、ミアは王宮がいつのまにか自分の家になっていると気づいた。

「黒雲の都よ。あの都はあの雲に守られているの。もちろん城壁ももっているわ。地上から都へ入るのはむずかしい。無理におし入ろうとして雷で命をおとす者がいたらしい。今はそんなことをする人間はいないけどね」

ウスズ様の竜が教えてくれる。

「銀の羽は、裏門があるといってました。正門もあるということでしょう」

どうやって入るのだ？　と、ミアはきいていた。

「ええ、そうよ。人間は黒雲が晴れて、正門の扉が開く日を待つの。二日つづけて晴れる日もあれば、何十日も晴れないときもある。そして、晴れてもたった一日で黒雲が都をおおうこともあるわ」

ウスズ様の竜は、森をこえ黒雲の前に広がる平野へ出ていた。

小川がみえた。そのほとりにたき火の煙が何本もあがっている。朝食のしたくらしい。やぶの枝に布を屋根がわりにかけて、その下でまだ寝ている人もいた。野宿をしている。

その人たちをこえると、からの荷馬車を円陣に組み、その真ん中でたき火をする集団がいくつもみえてくる。商人たちのようだ。

　荷馬車が集まるあたりから、道があった。その道はだんだん太くなり、両わきに建物が並ぶ。都に入る前に小さな町ができていた。きっと宿屋だ。金持ちは野宿などせずに、宿で雲が晴れるのを待つのだ。その道は黒雲の前で消えていた。その先に正門があるのだろう。

「あんなにたくさんの人が、雲が晴れるのを待っているんですか？　みんな泥棒市へ行くんですか？」

　この都になんの用があるのだろう？　ミアは首をかしげた。

「石炭が出るのよ。下にみえる人間たちはみな商人よ。石炭の買いつけに来たんでしょ。そうね、泥棒市へ行く人間も中にはいるかもしれない」

　ウスズ様の竜は、ふっと笑う。市へ行く人は少ないだろうといいたいらしい。

「裏門は石炭をとるのにつかう門よ。裏門の外は深い谷よ。そのむこうは、うっそうとした森。裏門からこの都へ入ることはできない。その谷から石炭をほる。たまにダイヤモンドが出ることがあるらしい」

「ああ。コキバは――」

　ダイヤモンドから出てきた。それで銀の羽は、この都へ行ってみろといったのかもしれない。

「黒雲は晴れると何日もそのままのときもあれば、一日ももたないで都をおおってしまうときもある。だから商人たちは都へ入れば、大急ぎで商いをして、あわてて都から飛びだしていく。ここはせわしない都よ」

ウスズ様の竜は、黒雲の壁にそって、ぐんぐん高さをあげて飛ぶ。

山を一つこえるほどの高さまで来ると、さすがの黒雲も薄れて、都がのぞけた。

黒雲に守られているほかに、高い城壁をめぐらせた都だ。馬車が十台も並んで通れる正門も建物も、黒い石づくりだ。

雨がふったらしい。黒雲の都は雨にぬれたせいか黒光りしていた。今は扉がとじているが、正門からの黒い石だたみの大きな道がのぼり坂になって上へとつづいている。その両わきに店が並び、行きかう馬車から荷をおろしているのがみえた。

坂道から階段をもつわき道が、葉脈のように枝わかれして何本も出ていた。その葉脈に家々がはりついている。

ウスズ様の竜は、大きなまっすぐな坂道にそって飛んだ。のぼり坂のてっぺんが黒雲の都の竜だまりだった。

竜だまりに一頭の竜がとぐろを巻いていた。寝ていたわけではない。ウスズ様の竜の気配に、身を硬くして目を開ける。

ウスズ様の竜は、竜だまりにおりようとはしないで、宙に浮いたままその竜をみおろした。

「どこの竜？」

みかけぬ竜だったらしい。ウスズ様の竜の声はとがっている。

その竜はまぶしげにウスズ様の竜をみあげるだけで、こたえようとはしない。

ウスズ様の竜は、その竜の鼻先をしっぽでバンとたたいた。

「北の原」

その竜の声は若い男のものだ。

「北の原？　いくら若くても、ここまで来るには百日はかかる」

ウスズ様の竜は、いぶかしげだ。

その竜は、またこたえようとしない。疲れているようにみえる。ウスズ様の竜にくらべると、体も小さく、うすよごれてみえた。

「けがをしてる！」

ミアは、その竜の左足が血うみでよごれて腐りかけているのに気づいた。地面までだいぶ高さがあったが、飛びおりてジャをぬってやろうと思った。

ミアの気持ちをわかったように、

「だめよ！」

ウスズ様の竜の声が飛んだ。

「あんなに遠いところからこんなところへ何しに来た！」

「竜騎士につかえに」

若い竜はため息まじりにつぶやいた。

こたえるのがやっとだからだろうが、なげやりにきこえた。

うみの毒が全身に回っている。このままでは死んでしまう。若い竜も、それをわかっている。竜騎士の竜になることをあきらめているのだ。

でも、ジャをつかえば命は助かる。しかられてもいい。ミアはウスズ様の竜の背から飛びおりかけた。

ウスズ様の竜は、小さなため息をつくと、やっと竜だまりにおり立った。

ウスズ様の竜は、若い竜へかけよるミアをとめようとはしなかった。

それでも、

「うそをついてもだめよ。人間に飼われていたんでしょ。その傷は足かせのあとだわ」

と、冷たい目で若い竜をみる。

ジャをぬってやるミアも気づいていた。傷は足輪の形だ。よほどきつく足輪をかけられていたらしい。肉がえぐれてうんでいた。

そこを力まかせにひきちぎったのだ。ジャをつかっても、この足はつかえないままかもしれなかった。

「五爪ね！」

ウスズ様の竜が、若い竜のつま先に目をとめた。

「あんただってそうだ」

若い竜は、ウスズ様の竜も五本の爪をもつことに気づいていたらしい。

ミアは、竜の爪の数を気にしたことはなかった。たいていの竜の爪は三本だ。でも竜騎士の竜の中には、ウスズ様の竜のように五爪もいる。特別な竜らしい。

「あんたは、竜騎士の竜か？」

「言葉づかいに気をつけなさい。いくら五爪でも、そんなじゃ、荷はこびの竜にもなれやしな

い」

　ウスズ様の竜が、ふんと鼻をならした。

「五爪の竜なら竜騎士の竜になれる。小さいころからそういわれてきた」

「そうね。五爪の竜は、賢く力も強く気高く、忠義心も厚いと竜騎士たちはいうわ」

「竜騎士の竜になろうと北の原を出た」

　若い竜は、ほれぼれとウスズ様の竜をみて、

「なのに、王宮へ行く途中でフォトにつかまった」

　若い竜は、自分には、あこがれている竜騎士の竜をみる資格もないというように目をそらした。

「フォトって？」

「けもの屋だ。わなにかけられた。このおれがだ――。あんな人間がいると知らなかった。近よってきたな、とは感じた。しっぽで追いはらうつもりだった。なのに、つかまった。動けなくなっていた。どうして動けなくなったのかはわからない。まるで魔法にかけられたようだった」

　若い竜は悔しげにうなる。

「けもの屋なんだもの、そこいらの狩人とはちがうのかもしれない。けもの屋が竜を狩るのは、当たり前のことでしょう。わなにかかるなんて！　つかまるほうが悪いわ。五爪として恥ずかしくないの！」

ウスズ様の竜は、まったくだらしがないというように鼻息をはいた。

若い竜は何もいいかえせずに、うなだれる。

銀の羽がいうけものをあつかう者が、この竜をつかまえたフォトなのだろうか？

「どんな人なの？　ここの泥棒市に店を出すの？」

ミアがきいていた。

泥棒なのだろうか？　よほど気をつけなければいけない。今はミア一人ではない。背中にコキバがいた。

「左耳がちぎれた大男だ。この市でおれを売るつもりだった。今、都の外で雲が晴れるのを待っているはずだ。何日待っただろう。十日までは数えていた。その後は、覚えていない」

この傷だ。記憶がないのは、熱が出たのだろう。

「だけど昨日、雨がふった。あの雨で正気にもどった。人間につかまったまま死んでたまるか。そんなぶざまなまねが、できるはずがない」

若い竜は、歯ぎしりをした。若い竜は誇り高いらしい。

「なんとか足かせをひきちぎって、黒雲を飛びこえた。この竜だまりをみつけた。ここまで来るのがやっとだった」

若い竜は、腹だたしげにしっぽでバンと地面をたたいた。そして、はっとしたようにウスズ様の竜をみて、ミアへと視線をめぐらせる。

「それだけ話せれば、だいぶいいみたいね」

ウスズ様の竜がふっと笑った。

「楽になった。体が地の底へ沈んでいきそうだった。まぶたも重くて、口をきくことなどできそうもなかった」

若い竜の緑の瞳が、初めてミアがいたことに気がついたようにミアをみていた。ミアがぬりこんだジャで回復したようだ。

「これから王宮で王子の乗る竜選びが始まる。岩山の都へ行ってみたらいい。竜たちが集まっているはずよ。岩山の都の門から竜たちが王宮へ送られる。その足では王子の竜にはなれないだろう。でも、五爪だ。誰かおまえを拾ってくれる者がいるかもしれない。人間にだまされないように気をつけるのよ」

ウスズ様の竜は、この若い竜が気にいったようだ。

若い竜は、あきらめていた命がもどったことにまだとまどっていた。自分の翼をゆっくり動かしたり、しっぽをふってみたりしている。それでも、左足だけは思うようには動かないようだ。

ウスズ様の竜はもう若い竜をみておらず、ミアに話しかけた。

「この坂をおりていけば裏門よ。明日の朝には迎えに来る。ここに帰ってきなさい。そうね。一日ですまないかもしれない。二日は様子をみる。帰ってこないようなら、さがすことにするわ」

けもの屋のフォトは、竜を売ろうとする男だ。何があるかわからない。帰れないこともあるのだと、ミアはごくりとつばをのみこんだ。でも、さがしてもらえる。大丈夫だと、背中のコキバをゆすりあげた。コキバは眠ってしまったのか、おとなしくしていた。

竜だまりにミアを残して、ウスズ様の竜は、そっけなく飛びたっていった。

若い竜はウスズ様の竜をみあげながら、

「あれは、おまえの竜か。ずいぶん偉そうだな」

もう小さな点になってしまったウスズ様の竜に、目を細めた。

「私の竜じゃないわ」

とんでもないと、ミアはあわてて首をふった。

「おまえの竜はいないのか？」

若い竜はミアをみた。ミアはうなずいた。

若い竜は、そうか、子どもだしなとつぶやいたようだった。少し考えていたが、

「よし決めた。おれが王宮へあがったら、おまえの竜になってやる！」

という。

「私は部屋子よ」

ミアは笑っていた。若い竜には、部屋子というのがわからなかったらしい。

「おまえは竜に乗ってただろ。竜に乗るのは王族か竜騎士だけだ」

「でも、私は竜騎士じゃないわ」

谷の子だ。竜に呼ばれて谷底の村から外へ出るために竜に乗った。ほかの谷の子は、竜に乗るのはそのとき一度きりだろう。ミアはどういうわけか、竜に乗る機会が多いだけだ。

「なら、竜騎士になれ。おれがおまえの竜になる！」

若い竜はうれしそうにうなずく、ミアはまだ笑っていた。

「なぜ笑う。なぜ笑うんだ！」

若い竜がおもしろくなさそうに鼻をならした。

突然、背中のコキバがうなりだした。寝ていると思ったのに、きばをむいて怒っているようだ。そうだ、こんなところで時間をとられるわけにはいかない。ここでコキバのことがわかるかどうかも、わからないのだ。猶予はあと八日だ。ミアは、よしよしとコキバをゆすりあげた。

「私、行かなきゃ。王宮でまた会えるといいね」

ミアは若い竜に手をふって、坂道を裏門めざしてかけおりだした。

「竜騎士になれ」という若い竜の言葉に、ほほがゆるんでいた。とんでもないことをいわれたとあきれていたが、何かが開けたような思いがしたこともたしかだ。

竜騎士になれるものだろうか？　女の竜騎士は今の王宮にはいない。でも、銀の羽がマカド様のことを、宝物殿に生まれなければ竜騎士になりたかったかもしれないといっていた。女でもなれるのかもしれない。竜に乗るのは好きだ。部屋子の仕事よりあっていると思う。それに、ウスズ様にはテムという部屋子もいる。今だって部屋子の仕事はほとんどテム一人がしている。竜騎士になれるかもしれない。でも、斧をふれない竜騎士はいない。星の音のいうように、弓ならあつかえるだろうか。私は竜騎士になるためなら、武器も怖くはなくなるのだろうか。

　そんなことを考えていたミアは、

「どけ！」

と麻袋をつんだ馬車の御者＊にどなられた。

　大きな坂道の両側に店が並ぶ。竜だまりの反対側も同じ光景だったが、竜の背中で上からみおろしていたのと、自分の足で歩いているのとでは、迫力がちがった。

　荷をつんだ馬車が、下のほうから何台もかけあがってくる。途中の店へ荷をおろしによる馬車、そのまま竜だまりまでのぼって正門のほうへかけおりていく馬車。たくさんの車輪の音がけたたましい。黒雲の都では石炭をあつかうといった。荷は石炭なのだろう。

　店の前にとまった馬車に店の人がかけよって、店の前に荷をつみあげていく。からになった馬車は、また裏門めざして坂道をかけおりる。

　ミアは馬車をなんとかよけながら、みえてきた裏門へ近よっていた。

＊御者…馬をあやつり、馬車を走らせる人

裏門は黒雲にふさがれてはいない。黒い大きな石づくりの裏門のむこうに青い空がみえた。いきおいよく飛びだしてくる馬車にひかれそうになって、ミアは、あわてて裏門から外へ出ていた。

深い崖があった。その底でつるはしをふるう人たちが蟻のようにみえる。まるで畑をたがやしているようにしかみえない。石炭を露天でほれるほどの巨大な鉱脈なのだろう。ほった石炭を袋につめ、天秤棒でかついで崖の下まで運ぶ人たち、それを滑車で崖の上まであげる人たち、荷を馬車へつむ人たち。黒雲の都は忙しげだ。

その崖のはるかむこうに、うっそうとした森をもつ山々がみえた。

「晴れるぞ！」

声がした。その声がこだまのように、あちこちからきこえだした。

ふりむくと、坂道のてっぺんの竜だまりのむこうにそびえていた黒い壁が、あわあわととけるように低くなっていた。

黒雲が今から晴れるのだ。北の原から来たあの若い竜は、もう飛びたったのだろうか？　正門から都へ入ってくるけもの屋のフォトと、はちあわせしないだろうか？　ミアは、坂道をみ

あげていた。

最初は音だった。風がうなっているようにきこえた。竜だまりから馬車の大群が車輪の音をひびかせてかけおりてくる。雨でぬれていたはずの道にもう、ほこりがまいあがっている。都の外で黒雲が晴れるのを待っていた人たちの馬車だ。おしあいへしあいしながら、坂の途中にあるそれぞれのひいきの店に、馬車をとめる。

都へ入るために何日も待ち、ぐずぐずしていれば、いつ黒雲が正門をおおって外へ出られなくなるかわからないのだ。あたりがいっせいに殺気だった。

声高に商談が始まる。思うように進まずに、どなりあいになる人たちもいる。値段は決めてあったらしく、もう荷をつんで坂道をかけあがっていく馬車もある。

泥棒市は裏門のあたりにあると、銀の羽が教えてくれた。裏門まで来ても、市らしいものはない。誰かに場所をきこうにも、ミアにかまってくれる人などいなかった。

第五章　けもの屋の父娘

ミアは忙しげな人と馬車にはじかれるように、店と店のすき間に追いこまれていた。

ちょうどいいと思った。おなかがすいていた。コキバにも何か食べさせよう。テムが金貨のほかに、食べ物も少しもたせてくれていた。

コキバをおおっていたストールをずらし、干した果物をちぎって後ろ手でやってみた。コキバはうまく口でうけとった。すぐくちゃくちゃとかむ音がした。ミアも口へ入れた。

「ブドウだ。おいしいね」

スモモかと思うほど大きな粒だ。テムが王宮の畑でつくったのだろう。

コキバは、もっとくれというように足をばたつかせた。

干しブドウをコキバとかんでいたら、一台の馬車が目についた。しっかり、ほろ*のかかった

*ほろ…雨風をさけるため馬車にかけるおおい

馬車だ。黒雲の都でみる馬車にはどれも、ほろはかかっていなかった。なるべく早く荷をつんで、なるべく早く都を出ていきたいのだ。ほろなど、都の外でかけるのだろう。その馬車は、ほかの馬車よりはそうとう大きく馬も六頭だ。途中の店による様子もなく、道の真ん中をゆっくりおりてくる。御者台には若い男が二人並んでいる。二人はまわりの人たちのように、殺気だってはいない。どこかのんびりとした様子にみえた。

石炭の商いではない。もしかして、泥棒市へ行く馬車かもしれない。ミアは、その馬車をよくみようとまた道へ出ていた。

「どこの田舎者だ！」

あざける声がした。視線も感じた。私のことだとミアは立ちどまった。

ほろをかけた馬車はミアの前を通りすぎようとしていた。その大きな馬車の後ろに、みたこともない生き物がいた。

馬ほどもある真っ白なカワウソのようにみえた。背中にこぶがあり、耳が長い。そして目が真っ赤だ。まるでうさぎのようだと思ったミアは、マカド様の屋敷で教えてもらった水うさぎを思いだした。これが水うさぎではないだろうか。

「馬車道で子どもが何してるの？」

声はこぶからきこえた。真っ白い毛皮を頭からかぶった女の子が、水うさぎにまたがっている。それがこぶにみえた。

女の子は、もっていたむちで地面をたたいた。その音は合図だったらしい。前を行く大きな馬車が、ギィと音をたててとまった。

自分だって子どものくせにと、ミアはむっとしていた。ミアと同じ年頃にみえた。コキバはうなりだしている。ミアは、おとなしくしていろと、コキバのおしりをやさしくたたいた。

女の子は、またがっていた水うさぎから飛びおりた。そのひょうしに頭からかぶっていた毛皮がぬげる。フードつきのマントだったらしい。

ミアは、マカド様が水うさぎの毛皮は軽くあたたかく、水をはじくといったことを思いだした。とても貴重なものだともだ。その毛皮をマントにして着ている。この子は、けもの屋なのだろうか？　でも、フォトではない。五爪の竜は、フォトは左耳がちぎれた大男だといった。

そんなことを考えていたとき、

「どけ、じゃまだ！」

後ろから来た馬車にどなられた。

ミアはあわてて飛びのいた。女の子のほうへだ。茶色の髪を短く刈りあげた女の子は、薄い

青色の瞳で、ほらみろ！　というようにミアを笑った。

そういえば、この都へ入ってから、一人も子どもをみていない。馬車が走りまわるこの道に、子どもは出てはいけないのだろう。田舎者あつかいされても、しょうがなかった。

「何おぶってんの？　赤ん坊じゃないよね」

近よったミアに、女の子が首をのばす。

コキバをみられた！　ミアは、あわててストールをかぶりなおそうとした。

「何、それ？　みたことない。竜？　黒い竜？」

女の子の青い瞳が光った。

この子はひと目で、コキバを竜かといった。どうしてだろう？　コキバの瞳が緑色だからだろうか？　ただそれだけで竜だと思うものだろうか？　ミアは、この子のそばから、はなれようと思った。

コキバもうなっていた。ミアの背中にくくりつけていなければ、女の子に飛びかかっていきそうだ。おろせ！　というように、体を弓なりにしてあばれだす。ミアのほうがコキバにふり回されそうだ。猫ぐらいのコキバにふり回されるはずがないと思う。でも、背中のコキバは大きくなっているようにも思えた。

ミアは、なだめるようにコキバのおしりをたたいてやりながら、その女の子からはなれようとした。

しかし、もうそのときには、女の子は指笛を吹いていた。

何かがそばに来たと思ったときには、布袋のようなもので頭からおおわれ、みぞおちをなぐられ、気を失っていた。


コキバがうなっている。また、あばれるところだ。早くなだめてやらなきゃ。

そう思って、ミアは気がついた。

薄暗い。光は、斜めに入ってくる。光のほうをみた。ほろが、まくりあげてある。そこから光が入ってくるのだ。やっと、馬車の荷台に転がされているとわかった。

みぞおちが痛い。でも、そんなことにかまっていられない。コキバが背中にいない。むこうからコキバのうなる声はきこえる。

「コキバ！」

ミアは、立ちあがろうとした。

立ちあがろうとしたミアは、みぞおちの痛みによろめいていた。そばにあったものに手をかけて、体をささえようとした。鉄の檻だ。中にいたけものが、真っ赤な口を開けてミアの手に飛びかかってくる。キツネだ。あわてて飛びのいて、ほかの檻に体ごとぶつかる。その檻にいたけものが吠えた。大きなクマだ。

やっと、自分のまわりに大小のけものが閉じこめられた檻が、いくつもつみあげてあるとわかった。

クマが吠えたのが合図のように、つみあげられた檻の中のけものたちが、いっせいに騒ぎだした。吠えるもの。闇倉でのコキバのように、檻に体当たりするもの。歯をむいてうなるもの。

ミアは檻の真ん中で、立ちすくんでしまった。

「何があった？　どうして、けものたちが騒ぐ？」

男の声がした。

「お帰り、父さん。ねえ、みて。これ、みて。い、痛い！　はなせ！」

女の子の悲鳴がして、何かが地面にうちつけられる音といっしょに、

「ギャ！」

という悲鳴がした。コキバだ。

ほろの外だ。

「コキバ！」

ミアの足が動いた。ミアは、ほろがまくりあげられたところへ突進していた。

馬車の荷台と地面の間に、はしごがかけてあった。でも、ミアには、そんなものをみる余裕がない。荷台から飛びだしていた。そのままだったら、地面に転がっていただろう。飛びだしたミアは、正面にいた大きな男にぶつかって、抱きとめられていた。ミアもおどろいたが、男のほうもおどろいている。

「誰だ？　なんでうちの馬車にいた！」

ごましお頭を短く刈りあげて、毛皮のベストを着た大男だ。左耳がちぎれている。この男がフォトだ。

フォトは、はっとしたようにミアをかかえたままふりむいた。

大きな広場だった。中央に噴水がみえる。そのまわりに、テントをはったり、地面に敷物をしいたりして品物を並べる人たちがみえた。露天商だ。店を開ける準備だ。馬車の御者をしていた若い男二人が、馬車の前にテントをはっていた。ここが、泥棒市だ。

「ザラ、この子は誰だ？」

水うさぎのマントをぬいで、やはり毛皮のベストを着たあの女の子の足元に、黒いかたまりがうずくまっていた。

コキバのようだが、さっきのキツネほどもありそうだ。それに毛がない。うろこのような肌だ。コキバだろうか？　銀の羽は、毛もなくなるやもしれん、といった。そういえば、さっき背中におぶっていたときも、体が大きくなっているような感じがした。

この肌なら、竜にみえるかもしれない。

「コキバ！」

ミアは、フォトの腕から飛びおりた。

コキバもミアに飛びついてきた。

ザラと呼ばれた女の子は、腰からむちを引きぬくと、コキバにふりあげようとする。ミアは、コキバを抱きしめて、むちから守るように体をちぢませた。

「むちをおろせ！」

フォトの声がした。

「父さん、これみてってば！　変わった竜だよ。竜の子だ」

ミアが顔をあげると、むちをふるのをあきらめたらしいザラは、コキバを指さした。どうしてみてくれない、とじれったそうにほほをふくらませていた。

「おまえはまた、泥棒みたいなまねをしたな！　今度こんなまねをしてみろ。家へ追いかえす。もう旅には、つれて歩かん。口をとじろ。とにかく、そこを動くな。おまえさんも、ちょっと待ってくれ」

　フォトは、ザラにひとさし指をふりたててどなり、ミアにもここにいるようにといった。そして、あわてて馬車の荷台に飛び乗った。フォトが荷台に消えたとたん、馬車をゆるがすほどあばれていたけものたちが、いっせいにおとなしくなった。うなり声一つ、きこえなくなる。

　ザラは、仏頂面でふてくされて立っていたが、コキバにかまれたらしい。チュニックのそでをまくりあげて、痛い！　というように顔をしかめて、傷口をみている。

「泥棒！」

　ミアはどなっていた。悔しかった。

　水うさぎのマントをみたとき、けもの屋だと気づくべきだった。子どもだと油断した。コキバを怖い目にあわせた。痛い思いもさせた。ザラのことも、自分のこともゆるせなかった。

「それを、父さんにみせたかっただけよ」

ザラが肩をすくめた。それでも、フォトにいわれたとおり立ったままだ。

「コキバを地面に投げつけた！　むちでうとうとした！」

「かみつくんだもの」

ザラは、チュニックのすそをさいて、傷口をしばる。なれた様子だ。けものをあつかうのだ。かまれることは、よくあるのかもしれない。

フォトが荷台からおりてきた。そして、二人の若い男にむけて、荷台を指さした。

「おまえたちも、ザラの悪だくみに手をかすんじゃない！」

と、しかった。この男たちが、ミアとコキバを馬車の荷台にほうりこんだのだ。

言葉もなくうなだれた男たちは、檻をテントにはこびだした。

「娘が迷惑をかけた。すまんことだったな。嫌な思いをさせた。どこかへ行くところだったのだろう。道草をさせた」

フォトは、ミアにていねいにあやまってくれる。

「けものたちをおとなしくさせておかないと、興奮してそのまま弱ることもある。売り物にならんのでは、市に来たかいがないからな」

男たちにはこびだされる檻の中で、けものたちはみな、おとなしくすわっていた。

フォトはミアに、もう帰っていいといいたいらしい。

「父さん、みてってば。黒いの、これ黒い小さな竜だってば！」

ザラは、帰すなんてとんでもないとばかりに、じだんだをふんでコキバを指さす。そのうち、がまんできないというようにミアに飛びつこうとする。コキバを無理やりうばいとるつもりだ。コキバはきばをむいて、ザラに飛びかかろうとしていた。ミアはコキバを抱きとめた。

ザラの手がコキバにかかる前に、ザラはフォトにひきとめられて、地面に転がされていた。

「何度いったらわかる！　人のものをとるんじゃない！　けものを狩ることと、泥棒とはちがう」

フォトの顔が真っ赤になっていた。体じゅうから湯気が立ちそうだ。

「ラドル様のお屋敷でなんていわれてきたの？　角モモンガなんていらないっていわれたんでしょ」

地面に転がされても、ザラは泣きもしない。ミアは、テントのそばのくいにつながれた、大きなネズミのような生き物をみた。ひたいに一本の角がある。これが角モモンガらしい。初めてみた。ミアには、めずらしいけものだ。

「ここまで来たのに逃がすなんて！　あの竜なら絶対、ラドル様のお気にめした。大もうけで

きた。夏の竜狩りの費用になった。まだ、このあたりにいるはずだもの。もう一度さがしてつかまえるからって、いってくれればよかったのに。角モモンガなんてつれていっても、帰されるだけだっていったのに」

ザラがいいつのる。

フォトは、そうだなぁというように空をみあげた。

「一日雲が晴れるのが早ければ、なんとかお届けできたかもしれん。が、あれは弱っていた。五爪だったしな。五爪は気位が高い。水も口にしなかった。人間に飼われるぐらいなら、死を選ぶ」

フォトは、小さく首をふる。

「弱っていようが、つれていけばいいんだ。あとは、ラドル様がお好きなようにすればいいことだもの。店なんか出してないで、あの竜をさがしに行こうよ」

ザラは、五爪の竜をもう一度つかまえたいのだ。

「いや、きっと今ごろは、どこかでのたれ死んでいるだろうさ」

フォトは、ため息をついた。

「だから、これをつれていこう。めずらしいよ。小さいけど竜だ。これなら、ラドル様が高く買いあげてくれる」

ザラがコキバをみた。

フォトの大きながんじょうそうな手が、ザラのほほをたたいていた。

パシィと大きな音がした。

その音におどろいて、ミアはすくみあがった。ミアは、誰にもほほをたたかれたことなどない。そして、そんなところをみるのも初めてだ。コキバは、うなってフォトに飛びかかっていきたそうだ。

「大丈夫、大丈夫」

ミアはきばをむくコキバをなでた。なでているうちに、自分もおちつけそうだった。

ザラは、赤くなったほほをおさえもしなければ、泣きもしなかった。

「何度もいうが、おまえはけもの屋にはなれん。家へ帰れ！　あれは竜の子かもしれん。ラドル様のお気にめすかもしれん。でも、おまえのものではない。あの子のものだろうが」

フォトの声は、雷のようにあたりをゆるがす。

ザラは、くちびるをかみしめてじっと立ったままだ。

「けもの屋はけものを狩る。おれたちとけものの力と知恵くらべだ。狩りは対等だ。なのにお

まえのすることは泥棒と変わらん！」

フォトはザラをにらむ。娘のすることにがまんならないらしい。その視線にも、ザラはたえた。頭をふりあげていた。

「だ、だって、この子がぼんやりしているから悪い。狩りといっしょだ。大事なもんならとられなきゃいいんだ」

「おまえは家へ帰れ！」

フォトが、家のほうなのだろう、指をさす。ザラは、動こうとも泣きだそうともしなかった。

父親のいないミアは、ザラの態度におどろくだけだ。ミアなら、ウスズ様にこんなふうにしかられたら、泣きながらすごすご家へ帰るだろう。父親と娘だからだろうか。ザラはフォトのいうことを、半分ぐらいしか本気にとっていないようだ。

「けもの屋のフォトさんですか？」

ミアがおずおずときいた。娘のザラは性悪だけど、フォトは悪い人ではないらしいと思った。

「ああ。おれがフォトだ。おれのことを知っているのか？」

フォトが、いぶかしげにミアをみた。

「けもの屋のフォトを知らない人なんて、いない」

ザラが自分のことのように胸をはる。

「父さんにかかったら、どんなけものでもおとなしくなる。竜だって狩る」

「帰れといった！」

フォトにどなられてザラは首をすくめた。

でも、すくめただけだ。

ザラは、ミアとフォトのそばをはなれようとはしない。

ミアは、ザラのことはいないものと思うことにした。

「あの、これが何かわかりますか？」

ミアは、かかえるにも重くなっているコキバをみた。

「なんだ。あんたも知らないで飼ってんだ」

ザラがつぶやいて、鼻をならしている。

「竜だよね。父さん。小さいけど竜だ。黒い竜なんてみたことないけど」

ザラはミアに近よってくる。またコキバをとられてたまるかと、ミアは、ザラから飛びのいた。

「ザラ！」

フォトがまたどなる。ザラは、はいはいというようにひき下がったが、コキバから目をはなせないようだ。

「ふーむ」

フォトが、まじまじとコキバをみた。

コキバはもう、キツネほどの大きさになっている。キツネやオオカミのように鼻がつきでているが、やはり竜の顔だ。うろこのような硬い肌で、背中に二つこぶがある。翼がここからはえるのかもしれない。おしりに、しっぽらしきものもある。

「さて、なんだろう？　竜の子なら生まれたては、小さくてもオオカミほどはある」

フォトは、馬車の荷台からはこびだされる檻にあごをしゃくった。

檻の中に、灰色のオオカミがおとなしくすわっていた。今のコキバより、ふた回りは大きくみえた。

「生まれたてはもっと小さくて、ごわごわした毛のかたまりのようでした。頭や足も、さわるとわかる程度で」

「ほう。それがこう変わったのか？」

「はい。二日で」

「えー、二日で！」

ザラが声をあげて、しまった、というように両手で自分の口をおさえた。

「何から生まれた？　親がわからないのか？」

親がわかれば、これがなんなのかわかるだろうにと、フォトがミアをみる。

「ダイヤモンドのかたまりの中から生まれたというか、出てきました」

「ダイヤモンド！」

まだザラが叫ぶ。

「ザラ！」

フォトがふりむきもしないで、ザラをたしなめた。

「だって父さん。ダイヤモンドから出てきたから、やっぱり竜だ。五爪どころじゃない。じい様からきいたことがある。光の竜だ。そんな不思議な石があるといってた。じい様のおとぎ話だと思っていた」

「じい様たちが甘やかすから、おまえは手がつけられん。口をとじていろ！」

フォトが、怖い顔でザラをふりむいた。

ザラは興奮していた。

「じい様は、竜たちの王だって、七色に光りかがやく竜王だっていった。この世のすべてのものの上に君臨する王だといった」

「だが、これは黒い」

フォトが首をふる。

「変わっていくんだ。この子が今いったもの」

ザラの瞳はキラキラとコキバをみる。

「最初は毛のかたまりだったって。うろこの黒い色だってとれるんだ」

ザラは、きっとそうだとうなずく。

「そのダイヤモンドはどこにあった？　おまえは、どこから来た？」

フォトがいぶかしげにミアをみる。

「ミアといいます。王宮から来ました」

「王宮から！」

フォトとザラが同時にいう。

「馬車道で馬にけられそうになっていた田舎者だよ。うそいうんじゃないって」

ザラが目をむいた。

「斧をさしていない」

フォトも、疑わしそうに目を細める。

「明日の朝になれば、この都の竜だまりに王宮の竜が私を迎えに来ます」

すぐわかることだ、とミアは思った。

フォトはいちおう、信じてくれたようだ。

「それじゃ、それは王宮で生まれたのか？」

「宝物殿で」

ミアはうなずいた。

「なるほどなぁ。宝物殿か。王宮の宝など、おれたちが知るはずもないしな。じい様たちがいう石と同じものだろうか？　大きい石だったのか？」

「ひとかかえはあった、とききました」

ミアは、マカド様のまわりにちらばっていたダイヤモンドの破片を思いだした。大きなものがこわれたようにみえた。

「それは大きい。そんなダイヤモンドがとれるのは、この都だけだろうな」

フォトは、うん、というようにうなずいた。

「ミアといったな。この都にラドル様とおっしゃるお方がいる。ラドル様に会ってみたらいい」

ミアは、いい人だと思ったのに、とまゆをよせていた。娘のザラといっしょじゃないか。竜をほしがっているラドルとかいう人のところへ、行けといっている。

「ああ、誤解するな。といっても、誤解しないほうがおかしいか」

フォトは、なんといえばいいのだろうと、短く毛を刈った頭をかきむしった。

「ラドル様はダイヤモンド商人だった。もう商いはやめて隠居しているがな。この都でダイヤモンドがとれたのは昔のことだそうだが、今でもたまに、石炭にまじって出ることもあるらしい。それはみんな、ラドル様のところへ運ばれる。ダイヤモンドの権利はラドル様がずっともっているときいた」

フォトが、わかったかというようにミアをみた。

ダイヤモンドのことだからかと、ミアがうなずいたのをみて、フォトもほっとした顔になっ

た。

「すっごいお金持ち。でも、変わった人だよね。姿は誰にもみせたことがないんだって。父さんは毎年春にラドル様の屋敷へ行くけど、カーテンごしに話すんでしょ」

ザラが、変わってるよねぇ、とフォトをみる。

フォトはそんなザラを、おしゃべりめ！　というようににらんだが、会いに行けといったミアにも、教えておいたほうがいいと思ったらしい。

「もう三十年もお屋敷にうかがっているが、おれは一度もラドル様の姿をみたことはない。いつも薄暗い部屋のカーテンごしに会う。声も、ほんとに小さな声で、ききとれないと思うこともある。いまだに男なのか女なのか、おれにはわからん。ラドル様とは、おれのおやじの代からのつきあいだが、やはりおやじも、姿をみたことはないそうだ」

「とにかく年寄りなんだって」

ザラが、勝手なことをいってうなずく。

「ラドル様は竜がほしいとおっしゃっている。でも、いくらおれでも、そう簡単に竜はつかまえられん。竜をお届けできない年は、めずらしい動物をお目にかける。どれもお気にめしはしないがな。今年の角モモンガもだめだった。おやじがとどけた陸ガメはお気にめしたそうだ。

おやじと二代にわたって、三頭の竜をお届けした。五爪はいなかったがな」

「あれは五爪だった」

　ザラは、逃がしてしまった竜のことを残念そうにいい、そして、それも――というように、コキバをみる。毛が消え、うろこのような肌となったコキバの指は、はっきり五本にわかれていた。

「三頭も竜を飼っているんですか？」

　ミアは、竜を飼って何をしているんだろうと首をかしげた。竜に乗るのは王族と竜騎士だけだ。いくらお金持ちでも、竜に乗ることはゆるされない。竜も、むやみに人間を背に乗せようとはしない。竜と竜騎士には特別なきずながある。竜が、この人ならと思いを定めないかぎり、人間に属することはない。ミアも竜にまたがるが、それはその竜の竜騎士たちが、ミアを乗せてやれというからだ。

「二番目に、そう十七、八年も前だろうか。おれがお届けした竜は、いまだに飼っていらっしゃるようだ。あとは逃がしておしまいになった」

　フォトは、なぜだかわからんがなと、肩をすくめる。

「一頭いるのに、まださがしているんですか？」

ミアは、そんな人のところへコキバをつれていくのは嫌だった。

「ああ。もしかするとラドル様は、それをほしがるかもしれんな」

フォトもミアの心配がわかったようだ。

「でも、ダイヤモンドのことなら、きっと何かご存じだ。けもの屋のフォトにいわれて来たといえば、会ってくださるだろう」

フォトは、どうする？　というようにミアをみた。

フォトは正直に知っていることを話してくれたのだと、ミアは思った。危険かもしれない。でも、ラドル様なら、コキバのことを知っているのかもしれない。十日のうちにと、マカド様に期限を切られている。

「行ってみます」

ミアはうなずいた。

「昼時だ。食べてから行ったら」

悪びれる様子もなく、ザラが誘った。

ミアにはスープに硬いパン、コキバには、かめの中から煮こごりのようなものをすくって、わんに入れてくれる。ミアは、初めてみるものだ。透明でぷるぷるとゆらめく。

「なんですか？」

コキバにおかしなものを食べさせるわけにはいかない。コキバは、においをかぐようにわんに近よっている。ミアは、小指の先でそのかたまりをすくいあげて、なめてみた。なんの味もしなかった。

「用心深いな」

フォトがミアをみた。

「もっと気をつけないと、コキバを守れません」

ミアはザラをにらんだ。さっきの失敗はこたえていた。もうコキバを誰にもとられはしない。そう決心していた。

「ザラ、みならえ。おまえはあまりに無頓着だ」

ザラは、ふんと肩をすくめただけだ。

「水こごりだ。けものたちはこれを好む。力がつく。竜たちは、水を飲むぐらいでろくなものは食べん。あの竜は水を飲まなかった。水こごりなら食べるかと、とってきた。なのに、あれは水こごりにもみむきもしなかった。誇り高いのも善し悪しだ。まずはおのれの命だ」

フォトは、かわいそうだったとくちびるをかんだ。けものを狩ることがフォトの商いだが、フォトはむやみにけものを殺したりはしないのだ。

ミアは、五爪の竜は生きていると教えてやりたかった。でも、ザラがそばにいた。生きていると知れば、ザラはまた、あの竜をつかまえようとするはずだ。

ミアが、食べていいとうなずくと、コキバはわんの中に頭をつっこむようにして水こごりを食べる。コキバは、あっというまにひとわんをからにして、おかわりをもらっている。

「おいしいんだ。これは、どこにあるんですか？」

ウスズ様の竜にも食べさせてみたかった。

「都の外で雲が晴れるのを待つ間に、父さんが山に入った。沢やわき水のたまるところや、湖の底にできるんだって」

ザラが、得意そうにいう。

「人間やけものたちが、その水に十日はさわってなくて、雨も二日ふってないとできない。父さんは、においで水こごりがあるってわかるんだ。水うさぎも大好物だ。私も早く、水こごりをみつけられるようになる」

ザラは、しかられようがたたかれようが、父親が自慢なのだ。

ミアも、水こごりを食べて、また一回り大きくなったようなコキバをみて、自分もみつけてみたいと思っていた。

食事がすむと、

「これをこのままつれて歩くのは、どうかな？」

フォトが、むずかしい顔をした。

「けもの屋でなくても、これをさらおうとする者はいそうだ。ここは、泥棒市だ。歩いている間に変わっていくところをみられたら、泥棒たちがむらがるぞ」

おまえのようなな、という目でにらまれたザラは、おどけた顔で肩をすくめた。

コキバは、今は大きめのキツネほどになっている。ミアがおぶうには、大きくなりすぎていた。

フォトはしばらく考えていたが、テントの中から箱をもってきた。中に毛皮がつまっている。フォトはコキバの体にあわせて、銀色のオオカミの毛皮を選んだ。

コキバは、オオカミの皮をかぶることになった。皮は体をすっぽりとおおう。オオカミの耳はついているが、コキバの顔は出る。

「大きくなっても、きつい思いはしないように、少し余裕をもってとめておこう」

フォトはコキバの体に皮をとめてくれた。

「いっしょに行ってやる」

とザラがいう。

「おまえはこの子にかまうな。家へ帰らないなら、商売を手伝え」

フォトがテントへあごをしゃくった。

フォトより大きな、派手な上着の男がクマの檻をのぞきこんでいた。

「あいつ、大道芸人の親方だ。買おうかどうか、いつも迷って三日は通う。クマがほしいんだ。さっさと買えばいいのに。買うなら、早くても明日だ。今日は私がいなくてもいい。この田舎者じゃ、道に迷うだけだよ。それに私もラドル様に会ってみたい。絶対、お気にめす竜をさがしてみせますっていってくる。父さんの商いのあとをつぐのは、私だ！」

ザラは胸をはる。

「おまえは、けもの屋にはなれん。いまだにむちに頼る」

フォトはさっきの言葉をくりかえして、むこうへ行け！　とザラに手をふった。

悔しそうにくちびるをかむザラを残して、フォトは、大きな広場の中ほどまでミアを送ってくれた。

今までコキバは、抱かれるかおぶわれるかしてきた。歩くのは初めてだ。コキバがオオカミの皮をかぶって歩けるか、フォトも心配したらしい。コキバは四本足で器用に歩いた。

遠目でみれば、大きな犬をつれているようにみえるだろう。

別れぎわにフォトは、

「こいつは、竜なのかもしれん。竜なら言葉を話すまで時間がかかるぞ」

と、コキバをみた。

竜でも、竜でなくても、コキバと気持ちは通じる。ミアのいいたいことを、コキバはわかっている。コキバの気持ちもミアにはわかる。

「それでいいよね」

ミアは、となりを歩くコキバをみた。コキバは、うんというようにミアをみあげた。

第六章　ラドルの屋敷

自分で歩けるのがうれしいらしい。コキバははねるように歩いていたが、たまにふりむいてうなる。ミアも気がついていた。

泥棒市のある広場から、階段の道をあがる。ザラが、隠れてついてきていた。角を曲がるが下ることはない。ラドルの屋敷は、山にはりつくような都の上のほうにある。

隠れているつもりだろうが、黒い石だたみと黒い壁にかこまれたこの都で、水うさぎの白い色は目につく。

また壁に白い色がみえて、隠れた。

「ついてこないで!」

ミアは、ふりむいてどなった。

「偶然よ。同じ方向に用があるだけだもの」

みつかったからにはしょうがない、というように、ザラは壁のかげから出てきた。

「水うさぎには、乗ってこなかったんだ」

ミアは、ザラのはおった水うさぎのマントをみた。てっきり水うさぎに乗って、あとをつけてきたのかと思った。マントが水うさぎにみえていたらしい。

「ふだんは乗らない。この世に何頭いるかっていうけものだ。こんなふうな都に入るときだけ。けもの屋が来たって、知らせるために乗る」

ザラはそういって、

「いつもは馬車の前を練り歩くんだ。でも、今朝は、父さんとラドル様の屋敷へ行こうとして、追いかえされたから」

と肩をすくめた。

それで馬車の後ろにいたのだ。ザラはさっきも、ラドル様の屋敷へ行ってみたいといっていた。

ザラは、きばをむくコキバからはなれるように、反対側に立って歩きだす。ミアは、ザラとコキバにはさまれて歩くことになった。

「フォトさんに黙って来たんでしょ。またしかられるよ」

「いいの。なれっこだ」

ザラは肩をすくめた。

「しかられても、ラドル様に会ってみたいの？」

「けもの屋フォトのあとをつぐのは私だ。今のうちに、顔だけでも知ってもらう」

ザラは、父親の商いをつぐと決めている。

「そうだっけ？　フォトさんに、けもの屋にはなれないっていわれてた」

ミアは意地悪くいってやった。どうせ、何かいいかえしてくるのだろうと思っていた。なのにザラは何もいわない。どうしたんだととなりをみると、ザラの薄い青色の瞳に、瞳がとけてしまうのではないかと思うほど、涙がたまっていた。涙をこぼすまいと、くちびるをかんでいる。

「ご、ごめん」

そんなザラに、ミアはうろたえた。ザラが泣くとは思いもしなかった。

ザラはギュッとにぎりしめたこぶしで、乱暴に涙をぬぐった。

「父さんは特別な力をもってる。けものの心を読むことができる。おとなしくさせようと思えば、けものたちはおとなしくなる」

ミアは、馬車の荷台にフォトが消えたとたん、けものたちが静まりかえったことを思いだした。

「父さんは竜も狩る。竜を狩るけもの屋は、父さんのほか、一人か二人だ。竜を狩るのは命がけだ。竜じゃなくとも、けもの屋は命がけの商いだけどね」

五爪の竜がいっていた。人間が近づいてきたのはわかったと。しっぽで追いはらってやるつもりだった。なのに、つかまった。魔法にかけられたようだったと。フォトに心を読まれたせいだ。

「じい様もそうだった。そして兄さんにも、その力はあると思う。なのに兄さんは、けもの屋の商売を嫌って家を出た。山で羊を飼ってる。私はけもの屋になりたい。父さんやじい様みたいに竜を狩ってみたい。なのに、私に父さんのような力はない。どうして兄さんにあって、私にあの力がないんだ！　父さんは、兄さんが家へもどってくるのを待ってる。どうして、私じゃいけないんだ」

ぬぐった涙がまたあふれた。フォトの前では、泣かないと決めているのだ。泣きたいのを必死でこらえていたのだ。

「私がけもの屋になれば、きっとけものを殺してしまうだろう、と父さんはいう。殺さなければ、おまえが殺されるという。そうかもしれない。私はまだ、むちをはなすことができないから」

ザラはマントの下のむちをみた。

「私はむちで、けものたちをあつかうことしかできない。竜など狩れない」

ザラはうなだれた。

「でも、父さんたちみたいな力がなくっても、けもの屋をしてる人はいる。それに、父さんだって、何度も危険な目にあって賢くなっているから、けもの屋フォトって呼ばれて一目おかれてる。私だって、けもの屋をつづけていれば、あの力がなくても、父さんみたいなけもの屋になれる。けものの心がわかるようになるかもしれないだろ」

うなだれた頭を、ザラはふりあげていた。

ザラは、自分の選んだ道をつき進むつもりだ。

「フォトさんに、けもの屋になれるって認めてほしくて、コキバのことをさらったの？　前にも、めずらしいけものだって思って、誰かのものをとったの？」

「ああ」

ザラは悪いか！　というように肩をそびやかす。

「父さんは、私がすることは、みんな気にいらないんだ」

「泥棒はよくないからでしょ。ザラって、あんまりがむしゃらなんだもの」

ひどいことをされたとうらんではいるが、ザラのことが少しわかったような気がした。

「そんなに、けもの屋になりたいんだ」

「ああ。父さんみたいなけもの屋になる！」

ザラは大きくうなずいて、

「ミアは何になる？」

ときいた。

ミアは、うっと答えにつまった。

「さ、さあ。わからない」

「なりたいものが、ないの？」

ザラは、つまらなそうに鼻をならした。

今日まで、何になりたいかなどと考えたこともなかった。今朝、この都の竜だまりで、五爪の竜に、竜騎士になれ！　といわれた。なれるものだろうかと思った。なれるものなら、竜騎士になってみたいと思ってしまった。でも、自分の心の中のもう一人の冷静なミアが、この私が？　とあきれている。とんでもなく大それた思いだとわかっていた。恥ずかしくて、とても口に出せやしない。

「けもの屋になれるといいね」

ザラの、けもの屋になりたいという願いのほうが、現実味があった。

ミアの心からの言葉は、ザラにとどいた。

ザラはうれしそうに大きくうなずいた。


「ここ」

ザラが、都の山のてっぺん近くにある黒い屋敷を指さした。あまり大きな門ではないが、そこから上へむかう塀は、ずっとつづいている。

門の扉はしまっていた。

「私がついてきてよかっただろ」

どうしたらいいのか、きょろきょろしているミアを笑いながら、ザラは門のわきに下がっている鎖を引っぱった。門のむこうで鐘がなっていた。

召し使いらしい女が扉を開けた。

「けもの屋フォトの娘で、ザラといいます。この子は王宮から来たミアです」

ザラは、次はあんたというようにミアをおしだす。

「ラドル様にうかがいたいことがあって来ました」

「父さんが、ラドル様ならご存じだろうって」

ザラがつけたした。

女はうなずいたが、扉を閉めてしまう。

そのままもどってこない。

「これの皮をはいでみせたほうがよかったかな」

ザラがコキバをみる。

「子どもだから会ってくれないのかな」

ミアは不安になった。

「帰れっていわれてない」

ザラは楽天家だ。ミアは少しだけ、ザラがいてくれてよかったと思っていた。

やっと扉が開いて、さっきの女がミアたちの先に立った。

屋敷の外の階段よりせまいが、やはり葉脈のように天井のない階段が、上へむかってのびている。

その階段をあがる。両わきの壁のところに、ドアがあった。これが、この都の屋敷の形らしかった。

女は一つのドアを開けた。

ドアのむこうは、黒い石だたみの円形の竜だまりだった。ウスズ様の屋敷の倍はある。その真ん中に、一頭の竜がいた。

ミアとザラは顔をみあわせた。フォトは、ラドル様とはいつもカーテンごしに会う、といった。

ラドルらしい人はみえない。

一頭だけ残したという竜なのだろう。ウスズ様の竜ほどもある立派な竜だ。でも三爪だ。その竜は、ゆっくりと首をもたげてミアたちをみた。

「フォトならさっき来ていた。その娘が何用だ？」

竜の声は低い男の声だ。

ミアたちがこたえる前に、竜はコキバに目をとめた。

「なんだ？　それはなんだ？　今年はろくな獲物がなかったときいた」

竜は、オオカミの毛皮から顔だけ出しているコキバから目をはなせないようだ。

「フォトの娘でザラといいます。この子は、王宮から来たミアです。この子たちと私、さっき会ったばかりなんです」

会ったんじゃなくて、さらったんでしょ、といいたいのをミアはこらえた。

「ミアといいます。これはコキバと呼んでいます。コキバはダイヤモンドから目覚めました。コキバがなんなのかわかりません。フォトさんが、ラドル様なら、何かご存じじゃないかって——」

ミアが次の言葉をいう前に、

「王宮にもあったのか！」

竜が、おどろいたようにつぶやいていた。

「追いかえすつもりだったが、話をきこう。何かもってきてやれ」

竜は召し使いをみた。召し使いはすぐ、階段へ消えた。子どもの話などきくつもりは、最初からなかったらしい。だから、竜だまりにつれてこられたのだ。でも、コキバをみて、興味がわいたのだ。

「ラドル」

竜が呼んだ。

竜の体のかげから輿がのぞいた。

人一人がなんとかすわれる輿が、大きなカメの背中にのっていた。それが、ゆっくりと進みでた。

「いたんだ！」

というように、ミアとザラは顔をみあわせた。

「陸ガメ」

ザラがつぶやいた。

さっきフォトが、陸ガメはラドル様のお気にめしたようだったといった。でもまさか、カメの上にすわっているなどと、思いもしないだろう。

輿には屋根もあって、四方を布でおおってある。いつもカーテンごしにフォトと会うといった。やはり今も、輿の中のラドルの顔はみえない。正面の布は左右にわけてある。ミアたちにみえるのは、そこからのぞくあぐらをかいている足だけだ。すじばった細い足。年寄りだといったザラの言葉どおりだ。その足首に、キラキラ光る玉がつらなる輪をはめている。

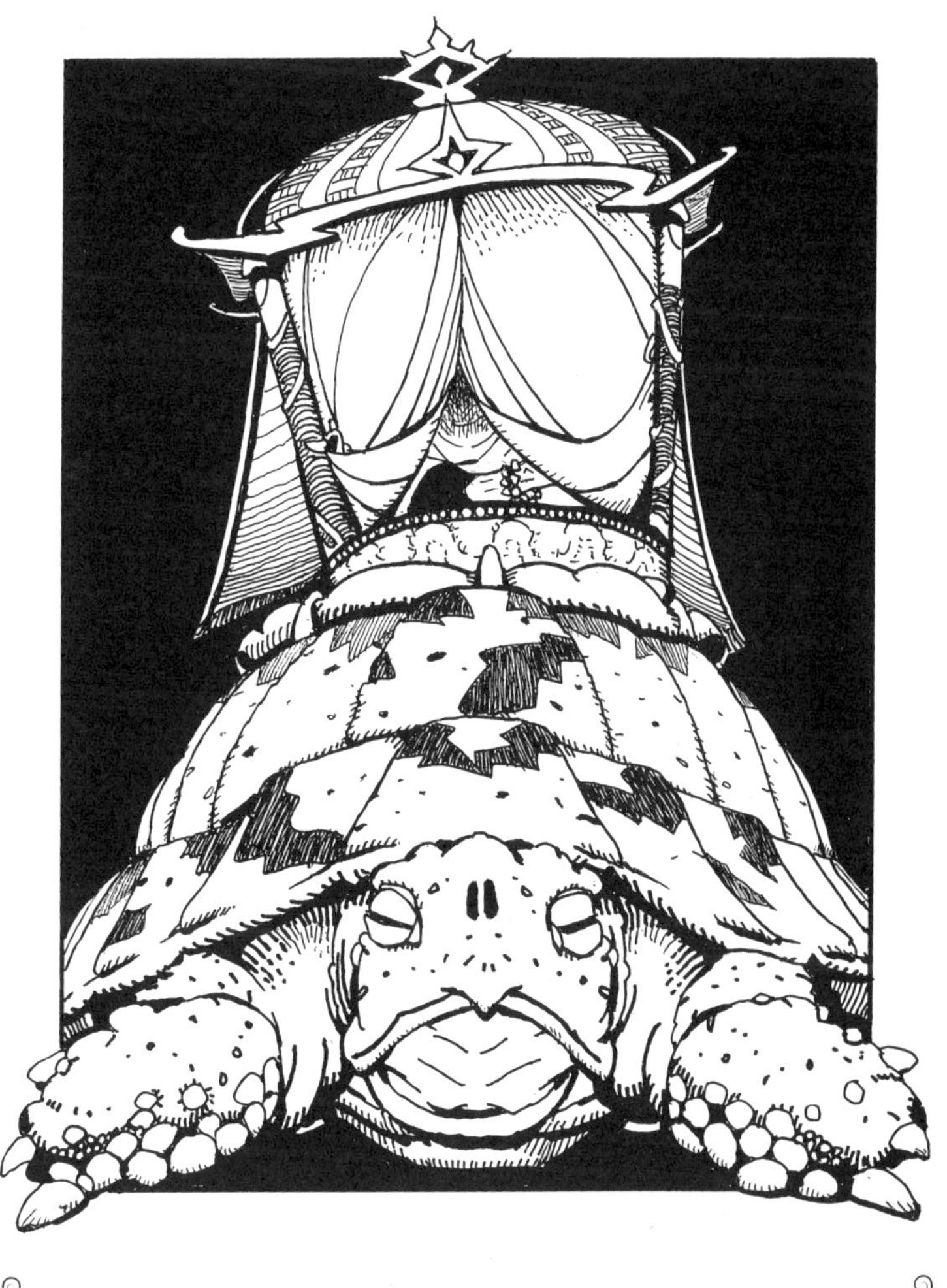

ダイヤモンドなのだろう、とミアは思った。

召し使いの女が二、三人でもどってきた。召し使いたちは、竜だまりに敷物をしき、お茶のしたくをする。

ミアたちは敷物の上に、竜と輿にむきあうようにすわった。ミアのひざにおさまりきれなくなったコキバは、ミアのとなりに犬のようにすわっている。

召し使いが、輿の中に湯気の立つわんをさし入れた。そして、ミアたちにもわんをくばった。甘い香りがする。果物の汁のようだ。ミアはその飲み物が冷たいことに気づいた。ラドルの飲み物とはちがうものだ。

ラドルとちがう飲み物をわたされることが気になったミアは、わんを口へもっていこうとするザラをさりげなくつついた。ザラは、えっという顔をしたが、ミアが首を小さくふると、そのわんをおろした。用心しろといったフォトの言葉を、思いだしたらしい。

竜は、そんなミアたちをおもしろそうにみていた。

ミアも、竜をみていた。この竜はフォトにつかまってラドルに売られた竜だ。竜は人間に飼われることを嫌う。なのに、この竜はこの竜だまりにいることを恥じていない。鎖につながれているわけでもないのに、逃げだそうともしない。一言も話そうとしないラドルのかわりに、

この屋敷の主のようにこの場をとりしきっている。まるで、竜騎士と竜の関係にみえる。ウスズ様の竜とウスズ様は、姉と弟のようだ。この竜とラドルにも、そんなきずながあるのだろうか？　王宮の竜たちは、竜騎士の竜になろうとしてなった。自分で選んで人間に属し、固いきずなを結ぶ。そんな竜たちは竜の中でも少数派だ。

たいていの竜なら、人間につかまったというだけで、そんなきずなができる前に死を選ぶ。人間に飼われたまま生きるなら、もっと、けものじみてすさんでしまう。この竜は、ミアの知っている竜たちとはちがっていた。

「話をきこう」

竜がうながした。

ミアは宝物殿でのことを話し、マカド様に、コキバが災いをなすものかどうかたしかめろ、といわれてきたことも話した。

「王宮では何も知らずに、あの石をただ守ってきたというわけか！」

竜は、あきれたと鼻をならした。

「それにしても、おまえのような小娘に、よくこれをあずけたものだ。おまえは、マカドとやらの縁者か何かか？」

竜がまじまじとミアをみる。

となりにいるザラも、いまさらのように、ミアをみた。

「私は、竜騎士ウスズ様の部屋子です。あ、でも、竜に乗ります」

ミアはあわててつけたした。

「部屋子？　召し使いということだろう。王宮の竜が、召し使いごときを乗せるというのか」

「はい。竜騎士がそう命じれば」

「いくら命じられたとしても——」

竜は、信じられない、と首をふった。

ミアは困ってしまった。王宮に来てからのミアにとって、竜に乗ることは日常のことになりつつあった。

竜はうなっていたが、

「王宮というところは——」

よくわからんというように、ふんと鼻をならした。

そして、ミアからコキバへ目をうつした。

「災いをなすものかどうかか——」

竜は大きく息を吸いこむと、ゆっくり話しだした。

「昔だ。斧の民と弓の民の戦より、もっと前だ。この都で谷をほるといったら、ダイヤモンド目当てだったそうだ。石炭は、そのときに出たほりかすだ。ダイヤモンドの片手間に石炭を商ったらしい。いつしかダイヤモンドは出なくなり、ここは石炭を商う都となりはてた。騒がしい都だ」

竜は、この竜だまりでも、かすかにきこえる馬車道の喧騒にため息をつく。

「ダイヤモンドがとれたころ、ひときわ大きなかたまりが出たという。いくつかあったらしい。その一つを王宮がもっていたということだ」

いくつあったんだろう？　ミアとザラは顔をみあわせた。

「三つはあった」

竜が、それはたしかだとうなずく。

「一つは王宮に。あと二つはどこにあったんですか？　あ、二つともラドル様がもってたんですか？」

ザラが輿をみた。ラドルも竜も、その質問にはこたえようとはしない。

竜は遠くをみあげて話しつづける。

「地の奥深く、闇に眠る石。ほりだされて、日の光をはねかえしてかがやく。はねかえすばかりではない。光を吸いこみもする。まるで、のどがかわいたけものが、水をむさぼるように」

竜の目は遠くの何かをみていた。

「そして、また眠る。石から目覚めぬほうが幸せかもしれん」

竜のため息は深い。

そうかもしれないとミアも思った。闇倉に眠り、朝日をあび、そしてまた眠る。コキバには、きっとおだやかな日々だったろう。何かに怒って腹をたてて、あばれまわることもないのだ。

「あの石は、光を吸いこむように、もつ者の思いも吸いこむ」

竜はそうつづけた。

「思いを吸う」

どういうことかわからずに、ミアは竜の言葉をくりかえした。

「人間は竜王石と呼んだ」

竜は、ふっと笑ったようだった。

「じい様からきいたことがあります。石の中から、光りかがやく竜が目覚めるって。この世のすべてのものの上に君臨する王だって」

ザラが、本当のことだったのかと目をきらめかせる。

「人間の思いこみだ！」

竜がしっぽで地面をたたいた。

ミアとザラが、ひっとすくみあがった。

「そんなものが目覚めるものか！　人間ごときがかけた思いで、竜王など目覚めん。あの石からもし竜王が目覚めたら、人間はどうしようというのだ」

竜は怒っていた。

「マカド様は、王子の乗る竜にしようと――」

ミアが最後までいわないうちに、

「竜王に乗るというのか！　人間の思いで竜が目覚めたとしたら、王子の乗る竜でちょうどいいかもしれんな」

と竜は鼻で笑う。

「もし本当に竜王が目覚めてみろ。おまえのいうように、この世に君臨するのだ。王宮は竜のものになるのだ。人間は、そんな世を待ち望むのか？　そんな世にたえられるのか？」

何も知らないのだな、と竜は笑う。

「王宮の宝物殿の石から、竜王が目覚めていたら、王宮にとって災いをなすものだったろうな」

人間どうしの争いではない。人間と竜の争いが始まったかもしれないのだ。

「あの石は人間がもつものではない。人間の手にはおえん！」

それでは誰がもつ石なのだろう？　ミアは、はげしい口調の竜をみつめた。

「いや、誰の手にもおえんのだろう」

竜は怒っているようだった。いや、怒って、悲しんでいる。ミアはそう思った。竜の緑色の瞳がうるんでいるようにみえる。竜が泣いている？　ミアは竜が泣くところをみたことがなかった。ウスズ様の竜もほかの竜も、王宮の竜たちはよく笑う。笑うのだから泣くこともあるのかもしれない。

でも、今朝ここの竜だまりで会った五爪の竜も、死にかけていたけれど涙はみせなかった。

「長い長い年月をかけて思いをかける。寿命の短い人間には、むずかしいことだ。王宮の石を守ってきたのは人間なのだろう？」

ミアはうなずいた。宝物殿を守るマカド様の一族が、代々守っていたのだ。

「思いをかける人間がかわる。目覚めよ、と思いをかける。それは光りかがやく竜かもしれん。次の人間も、目覚めよ、と思いをかける。だが、それは地底の竜かもしれん。また次の人間が、目覚めよ、と思いをかける。それは炎をはく竜かもしれん。定まらない思いだ。まして王宮では愚かにも、竜かもしれんなどと思いながら光をそそいだ。『竜よ目覚めよ』という確固たる思いでなければ、竜は目覚めん。まして、竜王が目覚めるものか」

竜は、腹だたしげにしっぽでまた地面をたたいた。

ミアは、それならコキバはいったいなんなのだろうと思った。コキバは、竜になりかけているようにみえる。

「そして目覚める時期が来たとき、石をもつ者の強い思いが入りこんで、石が目覚める。石をもつ者は、おだやかでなければいけない。感情をおさえるすべを身につけた者だ」

おだやかな人？　ミアはマカド様を思った。マカド様の冷静さというか冷たさは、おだやかということなのだろうか？　感情をおさえているというより、感情がないようだった。

マカド様はあの石を守るために、人を嫌ったのかもしれない。誰かとかかわると、気持ちは動く。冷静ではいられないときだってある。

「石に入りこむ強い思いは、あまりいいものではないことが多い。人の心の暗い思い。マカド

の思いが、それを目覚めさせた。王宮では、竜かもしれんなどと、あいまいな思いをかけた。命は目覚めただろうが、命だけだ。それはマカドの思いのかたまりだ。そのとき、マカドはどんな思いをいだいていたのか？」

　竜は、うかがうようにミアをみる。

「それは、闇のかたまりのようだったとおまえはいった」

　ミアはうなずいた。目覚めたばかりのコキバは、怒っていた。うなって、鉄格子に体をぶつけていた。あのマカド様に、そんな思いがあった？　想像もつかないことだ。

「マカド様の思いが、コキバになったということですか？　コキバは、マカド様の思いを吸いこんで目覚めた。コキバは、マカド様の分身のようなものですか？」

　ミアは、今はおだやかなコキバをみた。

「ああ。これをそのままマカドのそばにおいておいたら、マカドが心配するように、災いをなすものに化けていた。闇のかたまりが、そのまま大きくなるだけだったろう。おまえがこれをもらいうけて、これのためにはよかったのかもしれん」

　竜はうなずいた。

　ミアは、心の底からほっとしていた。コキバが災いをなすものに化けていくなど、想像もしたくなかった。そして、でも、と思った。

「マカド様の分身なら、どうしてマカド様にかみついたんでしょう？」

マカド様が母親みたいなものじゃないかと、ミアは思う。

「これが目覚めてすぐ、マカドに、かみついたんだったな。おまえは、王宮から来たといったが斧はどうした？」

思いがけないことをきかれた。

「私は、斧をさしません。斧がというより武器が怖くて」

「だから、おまえにすりよっていったような気がする。これは、斧にはむかった。おまえのように武器が嫌いだ」

ああ、とミアはうなずいた。コキバは、ミアにも星の音にも最初からおとなしかった。斧をもたないからだ。そして、マカド様も本心では武器を嫌うのかもしれないと思った。

「でも、かわいがってくれるとわかると、かみついたりしなくなりました」

斧をさすウスズ様にも、かみつこうとしなくなった。

「これは変わる。変わろうとしている。マカドからはなれて、マカドの思いをぬぎ捨てるように、何かになろうとしている。これには意志がある」

そこまでいって竜はコキバをみて、首をかしげた。

「いや、まだおまえの思いを吸いこむか？　そばにいるおまえの思いを吸うかもしれない。これは、やわらかい」

竜は首をかしげて、コキバからミアへ目をうつす。

「これは竜になりかけている。おまえは、これが竜になればいいと願うのか？」

そうきかれて、ミアはコキバをみた。

コキバの命を助けたいと思った。災いをなすものになど、ならないでほしいと思う。マカド様は竜が目覚めると思っていた、ときいて、ミアもコキバは竜になるのだと思いこんでいた。ミアがそう思うので、コキバが竜に変わりつつあると竜はいっている。ミアが思うものにコキバがなるのだ。

コキバに意志がある、と竜はいう。ミアは初めて、コキバはどう思っているのか気になった。光りかがやく竜になりたいのだろうか？

「竜になりたいの？」

コキバは、緑色の瞳でミアをみあげる。ミアを頼る目だ。ミアを信じている目だ。災いをなすものでなければ、なんでもいい。

「コキバがなりたいものに。コキバがなりたいと願うものになればいいと思います」

ミアは、そういった。コキバはうなずいたようだった。


「チィ！」

いまいましげに舌をうつ音がした。

声は、輿の中からした。

「願うものになればいいだと。あの石は思いを吸う。善き思いなら善き竜が、悪しき思いなら悪しき竜が目覚める」

しわがれた、ささやくような声だ。ラドルの声。その声は、黒い石だたみの竜だまりの地をはうようにして、ミアにとどいた。

その言葉は、呪いのようだった。ミアの体がぞくりとふるえた。悪しきものではないというように、コキバを抱きよせていた。

「私は、ひたすら思いをかけた」

深いため息がした。

「ラドル様も、もっていたんだ」

ザラがつぶやいていた。

竜は、石が三つあったことはたしかだといった。一つは王宮に、そして一つはラドルがもっていた。残りの一つはどこにあったのだろう？　ザラがいうように、ラドルが二つもっていたのだろうか。もう一度きいてみたいと思ったとき、つづけてきこえたラドルの言葉にはっとしていた。

「気が遠くなるほどの長い間、思いをかけた」

ラドルはそういった。

ラドル一人が、思いをかけたということだ。竜は、あの石は人間がもつものではないといった。ラドルはもしかして――。ミアがいいかける前に、

「ラドル様の石から竜は目覚めたんですか？」

がまんできないというように、ザラがきいていた。

「私の石はくだけた」

「わかった。ラドル様の石から目覚めた竜が、逃げだしたんだ。それで父さんにさがさせてるんだ」

ザラがうなずく。

「さがします。私がみつけます。私にさがさせてください！」

ザラが身を乗りだして、まくしたてていた。

ラドルはザラのいうことをきいていない、とミアは思った。輿の中のラドルの視線が、コキバにつきささっているのがわかる。

「これはなんにでもなる。なんにでもなれる。この世を一瞬にしてふみつぶす、邪悪な化け物にもなる」

ラドルのまがまがしい言葉を、コキバにきかせたくない。ミアは、コキバを抱きよせた腕に力をこめた。

「これはまだ、そばにいる者の思いを吸う。この世の不思議だ。この世の宝だ。それを、なんだ！」

輿の中で、怒りがはちきれそうだ。

「ラドル。おちつけ！」

竜が心配そうに声をかけた。

「王宮では、なんでおまえみたいな小娘に宝を投げあたえたりする！　思うものになればいいだと。おまえごときがもつものではない！」

怒りのせいか、ラドルの声が強くはっきりとなった。

地をはうようだった声は、今、竜だまりの空気をゆるがしていた。

女の声だとわかった。

「魔女がもつものだと、いいたいんですか。ラドル様は魔女なんですね」

ミアは輿の中をにらんでいた。

長い長い間、思いをかけたといった。魔女の寿命は長い。一人だけで石に思いをかけることができる。竜を目覚めさせることができる。

魔女だから、ミアたちと飲み物がちがった。魔女の中でも、銀の羽のような年寄りだ。足を地につけるのが嫌なのだ。だから、陸ガメに乗っている。きっと何百年も外見が変わらないのだろう。それを気づかれないよう、誰にも姿をみせないでいた。


「雲が、出る！」

屋敷の外で声がした。

その声は、あちこちから、こだまのようにきこえだす。

一瞬、ミアは空をみあげてしまった。

黒い雲が中に雷をはらみながら、恐ろしいいきおいで、そそりたっていく。あたりが薄暗くなる。それでも、まだ青い空はみえた。

「ラドル！　やめろ！」

竜が悲鳴のような声をあげた。

ミアが空から目をもどしたときには、輿から白いものが飛びだしていた。

ミアはコキバをかかえこもうとした。

遅かった。ミアはつき飛ばされて、敷物の上に転がっていた。

「コキバ！」

起きあがりながら、コキバをさがす。

ほうきにまたがった白いチュニックの人が、コキバをかかえて空へ飛んでいく。あれがラドルだ。ラドルの足輪がキラリと光った。

黒い雲は、都の上空をおおうように、もくもくとわいている。朝、この都に来たときは、上空は大きく開いていた。黒雲は、まっすぐそびえる城壁のようだった。

なのに今、雲は空をちぢめている。都をおおいつくそうとしていた。袋の底にいて、袋の口がとじるのをみあげるようだ。その口が、闇夜に浮かぶ月のようにみえる。

コキバをかかえたラドルは、その月へむかう。

「ラドル、おいていくのか――」

竜は身を起こして、立ちあがっていた。立ちあがっていたのに、ラドルのあとを追って飛びたとうとはしない。

「コキバ！」

ミアが呼んだ。

「ミア！」

コキバが呼びかえした。コキバの声だ。子どもらしい、すんだ声だ。

その声は、ミアの頭の中にではない。空の上からミアの耳にとどいた。

ラドルは、都の外へ消えた。

黒雲の口はとじた。

第七章 泣き虫の竜

黒雲はドームのように、都をすっぽりとおおっていた。まるで夜になったようだった。

「こんな雲、初めてみた」

ザラが上をみあげながらつぶやいて、

「魔女だったんだ」

と、ミアと竜をみくらべた。

ミアは竜にかけよっていた。

同じ失敗をくりかえす自分が、情けなかった。コキバをほしがるかもしれない、とわかっていた。魔女だと知ったときに、気をつけなければいけなかった。ほんの一瞬、雲に気をとられた。あまりのぶざまさに涙も出ない。

「ラドルはコキバをつれて、どこへ行ったんですか？　つれもどさなきゃ！」

ミアは、竜に乗せてもらうつもりだった。黒雲の中は稲妻が走っている。でも、稲妻をかいくぐり、絶対、都の外へ出てみせる。コキバをとりもどす。頭の中は、そのことでいっぱいだった。

竜は、立ったままミアをみおろすだけだ。ミアを乗せてくれるつもりはないのだ。竜が身を低くしてくれないと、またがることはできない。拒否の姿勢だ。

「乗せてください。ラドルがどこへ行ったか知ってるんでしょ！」

ミアはこぶしをにぎりしめ、ふるえていた。

竜はラドルの行く先を知っている。どこへ行く？　とはきかなかった。おいていくのか、といった。

竜は涙でうるんだ瞳で、ミアをみおろすだけだ。

「あとを追ってください。私とあとを追ってください」

ミアは竜の足にすがりついていた。

「おいていかれたからですか？　いっしょに行こうって、ラドルがいわなかったからですか？」

だから泣いているのだ。

ウスズ様の竜ならラドルを追いかけて、つかまえて、しかりとばしている。この竜だって、ラドルがコキバをさらおうとしたとき、やめろ！　とどなった。コキバをさらったりするな、といいたかったはずだ。

ミアには、この竜とラドルの関係がわからない。ラドルの竜だまりに平気でいるくせに、竜騎士と竜のようではない。これでは飼われている竜にしかみえない。ラドルが魔女だからだろうか？　いや、魔女と竜なら、もっと対等なはずだ。

「泣いてないで、追いかけてください」

ミアは竜の足をゆさぶった。

「ラドルは、来いとはいわなかった。おれは、行けない。飛べるが、行けない。泣くだけだ。めそめそと涙を流すだけだ」

竜は、いらだたしげにしっぽで地面をたたいた。

「泣く竜など、みたことがないのだろう」

竜は、うなずくミアから目をそらした。泣く自分を恥じていた。

竜だって泣くことはあるかもしれない、とミアは思う。でもきっと、人間に涙をみせない。

人間にみつからないように泣くのだ。

「おれは、人間の悲しみから生まれた」

「あなたは――」

ミアは、ああ、とうなずいた。あの石は人間がもつものではない、といった。この竜は、人間の悲しみで石から目覚めたのだ。

「コキバといっしょなんだ」

「あー。三つあったっていう、残りの一つ」

ザラも気づいた。

一つは王宮に、一つはラドルが、そして残りの一つが、この竜が眠っていた石だ。

「おれの石は、人間のある一族が守っていた。何代にもわたって、目覚めよ、目覚めよと思いをかけた。その一族は、石から竜王が目覚めると信じていた。竜王をあやつって、自分たちがこの世を牛耳るつもりでいた。目覚めるときが来ていた。そんなとき、おれを守っていた人間が悲しんだ。ひどく悲しんだ。その思いが、おれを目覚めさせた。一族はとっくに死にたえたがな。目覚めさせたおれを残して」

竜は、寂しげに目をふせた。

「竜王？」

　ザラがつぶやいた。

「おれが竜王にみえるか？　竜として目覚めはした――」

　竜は、自分の体をみおろして、

「おれでよかっただろう。泣き虫のおれで。竜の世界にならずにすんだ。本物の竜王なら、いくら目覚めさせてくれたとしても、人間の手先になどなるものか」

と、自嘲ぎみに笑った。

「竜じゃない！」

　ミアはどなっていた。

「あなたは竜の姿をしてるけど、竜じゃない。ただのけものだ。竜なら、ラドルにおいていかれたって泣くはずがない。追いかけて、つかまえて、しかっている」

「そうだ。そのとおりだ。おれを目覚めさせた人間たちも、竜王どころか、竜にもなれないこんなおれに失望した。勝手に目覚めさせておいて、おまえではなかったといった」

　竜は、悔しげにうなった。

「でも、本物の竜じゃなくても飛べる」

立派な翼がある。

「私をコキバのところへつれていって！　ラドルはコキバを何にするつもりなんですか？　ラドルの石から何が目覚めたんですか？　それはどうなったんですか？　コキバはそれのかわりなんですか？」

ミアは、いらいらと足ぶみしたいようだった。

「何も。何も目覚めなかった。魔女の一生をかけて思いをかけた石は、ただ、くだけただけだそうだ」

竜は笑った。かわいそうにというように、ざまをみろというように。

竜の笑い声の中に、それでよかったんだという思いがある。

竜は、石の中で眠ったままのほうが幸せだといった。この竜は、目覚めたことを後悔している。自分を目覚めさせた人間たちをうらんでいた。

「あの石を手にしたラドルは、自分の石から竜王が目覚める。そう信じて思いをかけた。光りかがやく竜王を自分のものとして、この世を思うがままにする夢をみた。大それた野心をいだいた。おれを目覚めさせた人間たちと同じだ」

竜がため息をついた。

「魔女なら竜王を思いのままにできるんだ。魔女がもつ石だったんだ」

ミアの言葉にザラも、そうなのかと竜をみあげた。

「ああ。魔女のいちずな思いをうけて目覚めたなら、魔女の思いをかなえなければならないだろう。竜王だとしてもな。まあ、竜王を無事に目覚めさせたらの話だ」

竜は、つまらなそうにうなずいた。

無事に目覚めたら、と竜はいった。ミアは気になった。

「あの石が魔女がもつ石なら、どうしてラドルの石からは何も目覚めなかったんですか？　魔女の強い思いをうけたのに。竜王じゃなくても、あなたのような竜が目覚めてもよかったはずでしょう」

闇倉の石からだって、マカド様の思いをうけてコキバが目覚めた。ラドルの思いからも、どんな形にせよ命が目覚めたはずだ。

「ラドルの石にいたのは、おれみたいな半端者じゃなかったんだろうさ。おれには、石の中のものが、目覚めるもんかと決心したように思える。きっとラドルの石には、本物の竜王が育って眠っていた。ラドルは悪しき竜にするつもりだった。竜王は、ラドルの思いを知って、おまえの思うようにはさせせん、と消えてしまった。そんなふうに思える」

竜はさっき、あの石は誰の手にもおえん、といった。魔女の手にもおえない、といいたかったのだろう。

そうかもしれない、とミアにも思えた。コキバに意志があると竜はいった。竜王なら、なおさら確固とした意志があっただろう。

「ラドルは石に裏切られた。ラドルの竜王は姿もみせずに消えたわけだ」

竜は、乾いた笑い声をあげた。

「ラドルは、どんな世界を夢みたんだろう？」

ザラが、怖いというように体をぶるりとふるわせた。

「ラドルは、この世界が不満だった。だから、竜王を目覚めさせようと必死になった」

それだけはわかる、とミアはうなった。

「魔女だよ。思うように生きられただろう？　魔法をつかえるんだ。私が魔女だったら、けものの心を読めるようにするのに」

ザラが、何が不満なんだと口をとがらせる。

ミアも、ミアの知る魔女たちを思った。銀の羽も星の音も、その石をもつとラドルのように思うのだろうか？

銀の羽は、宝物殿の宝になど興味はないといった。竜王が目覚めると知っても、だからどうした？　といいそうだ。星の音は、ザラがいうように、自分の思うように生きている。でも、思うように生きるために何かに頼ったりしない。思うように生きるために、自力で必死になる。ミアの知る魔女たちは特別なのかもしれない。

「ラドルは思うように生きられなかった。だから竜王を頼ろうとした」

「ああ。そんな思いをいだく者は、たくさんいるだろう。魔女にも人間にも。おれだって思うようになど生きていない」

竜は、ラドルを追いかけていけない空をみあげた。

「特に魔女たちはあの石に執着する。自分たちなら竜王を目覚めさせることができると信じているからな。ラドルはあきらめなかった。石がくだけてすぐ、百年も前だ。この都で人間になりすまし、ダイヤモンド商人になった。竜王石をここでさがしていると、ほかの魔女に知られたくなかったようだ。うばわれるとでも思ったのだろう。石は、出なかったがな。そして、ほかの竜王石から目覚めた竜もさがした。フォトが三頭の竜をとどけた。石から目覚めたのは、おれだけだった。今からでも竜王になれるかもしれん、と思ったようだ」

もちろんなれるはずがない、と竜にもなれない竜はうなだれた。

それでほかの二頭は逃がしたんだ。ミアとザラはうなずいた。

「魔女なのに、どうして父さんに竜をさがすように頼んだの？」

ザラが首をかしげる。魔女ならなんでもできると思っているようだ。その疑問にミアはこたえることができた。

「竜は太陽のある空を、魔女は月のある空を飛ぶ。竜をさがすことは、魔女にはむずかしいんだと思う」

ミアがいうと、竜はうなずいた。

「竜王でもないあなたを、ラドルはこの竜だまりにおきつづけた」

どうしてだ、とミアは竜をみた。

「竜の姿をしているが、竜ではないおれを、ラドルはあわれんでくれた。そう、あわれんだだけだった」

もっとちがう感情が、竜騎士と竜のようなきずなができたと竜は思っていたのだろう。竜だまりにおきざりにされるとは思いもしなかったのだ。

「ラドルとおれは、あの石をうらんだ。おれは、竜の姿で目覚めたことを。ラドルは、あの石にすべてをかけたことを。でも、おだやかな日々だった」

幸せだった、といいたいのかもしれない。

「さっきまではな」

竜は、うなだれてすわりこんだ。とぐろを巻いて、頭を体の下にさしこんでしまう。

コキバをみたラドルが、また昔の思いをよみがえらせたのだ。

竜王をあやつってこの世に君臨する夢を、またみようとしている。

「ラドルは、コキバを竜王にするつもりなんですか？」

「あれは、まだラドルの思いを吸う。変わることができる。おれとちがってな」

竜は、コキバに嫉妬している。

「ラドルはあの石に一度裏切られた。そんな石に一生をかけたことを悔やんでいた。どんな竜王にするつもりなのか。善き竜のはずはない」

竜は、おもしろそうにいった。コキバが邪悪な竜になればいいと思っている。自分からラドルをうばったコキバを呪うようだ。

ラドルは、コキバをつかって恐ろしい世界をつくるつもりだ。竜はそういっていた。

「うらみごとばっかりいってないで、本物の竜になればいい。私をコキバのところへつれていって。ラドルをとめて！　ここで、うらんで泣いていても、ラドルはもどってこない」

ミアは、竜の体をゆさぶろうとした。竜は石になったように動きはしなかった。おいていかれたという思いが足かせになって、この竜だまりにしばりつけられているようだ。

「どうして変わろうとしないんですか？　翼がある。飛べる。自分の決心しだいで、すぐ本物の竜になれるのに」

ミアは悔しかった。

「ミア、こんな竜にいつまでもかかわってられないだろ」

ザラがミアをつついた。

ミアも、この竜にまたがることをあきらめた。ザラのいうとおりだ。時間がない。黒雲の中の稲妻をかいくぐって飛ぶものを、さがさなければいけない。

「この都にほかの竜はいる？」

ザラが、いないと首をふる。

「魔女はいる？」

「いると思う。でも私は誰が魔女なのか知らない」

ザラは、また首をふった。

明日の朝、ウスズ様の竜が来てくれるのを待つしかないのだろうか。ウスズ様の竜なら、

雷などものともしない。必ず来てくれる。

　でも、コキバはその間にも変わっていく。ミアのことなど忘れて竜になっていく。それでもいい。コキバが望むなら。でも、邪悪な竜になどさせられない。ミアは、ミアをみあげるコキバの緑色の瞳を思った。「ミア」と初めて呼んだコキバの声を思った。コキバをつれもどしたい。でも、ミアはこの都に閉じこめられていた。

　ザラは考えこんでいたが、あっというようにミアをみた。

「この都を出る道はある。危ない道だけど」

　それでも行くか、とザラはきいていた。ミアはすぐさまうなずいた。

「ラドルは、どこへ行ったの？」

　竜はこたえない。

第八章　葦の村

「ミア、これは竜じゃないといった。ただのけもの？」

ミアはうなずいた。めそめそと自分をあわれんでいるだけの生き物だ。

「けものなら、私はあつかえる」

ザラはむちをにぎった。

ザラがむちをふった。宙を切りさいたむちは地面をたたいた。ピシリ！　その音に竜はびくりと体をゆらす。

「ラドルは、どこへ行ったの？」

むちがまた地面をたたく。

「自分の里」

竜がやっとこたえた。

竜は、むちの音にがまんできないらしい。本物の竜なら、むちぐらいでびくついたりしない。

「やめてくれ。頭がわれそうだ」

「そこはどこ？」

ザラは容赦がない。またむちをふる。

「葦の村だ」

ザラはうなずいた。

「ここから近いよ」

ザラはもうかけだしていた。ミアもあとを追う。

「父さんのところへ帰る。水うさぎをかしてやる」

ザラがそういった。

「ナナフシ」

竜の声がきこえた。なんのことをいったのか、わからなかった。ミアは気にもしなかった。

ミアとザラは泥棒市へもどっていた。

「ラドル様が魔女だったとはな」

おどろきながらもフォトは、ザラのいう都を出る道にまゆをよせた。

「あそこは、無理だ」

「水うさぎをかしてやる」

ザラは、くりかえした。

「おまえの宝物だろうが」

フォトは目をむく。

「コキバをとりもどすんだ。邪悪な竜になんかしちゃだめだ」

フォトは、ほうとザラをみた。どこかうれしげにみえた。

ザラのいう道は、黒雲の都の地下水道だった。広場のすみの地面に穴が開いていて、はしごが下へおりていた。

「ここのあたりの地下水道は、天井まで水は来ていないが、どこかで必ず水にうまる。人がもぐっていくのは無理だ。息がつづかん」

穴をのぞいたフォトは、昨日雨もふった、水はふえている、とうなった。

「水うさぎならもぐっていける」

ザラは、水うさぎの背をやさしくたたく。

「そりゃ水うさぎは、もぐっていくことができる。マントもかしてやれば息ももつかもしれん。だが、水うさぎにこの子はつかまっていられるのか？　ふりおとされるだろう」

フォトはミアを心配そうにみた。

「ミアは竜に乗る」

ザラのほうが自信たっぷりだ。ザラの様子に、迷っていたフォトも大きくうなずいてくれた。

「よし。行ってみろ。だめだったら、もどってくるんだぞ。地下水道の出口は、都の正門のわきにあって、そのまま川へ合流する。川を下ってしばらく行くと、葦の村の船つき場がある。そこの船守が葦の村の番人だ」

フォトは葦の村でも商いをするらしい。

「あの村がラドル様の里なのか？　里といっても、村を出たのは百年も前なのだろう。まだ屋敷でもあるんだろうか」

フォトは考えこんだ。

「あそこは水草でできた浮き島だ。何十年か前、川魚をとる漁師たちが大勢うつり住んで、村が沈みかけたことがある。それ以来、村への出入りはきびしい。用もなく村へ入る者を嫌う。おれたちは、けものを売れば出ていくとわかっているから、とめられることはないがな。水うさぎに乗っていれば、けもの屋の娘で通るだろう。あの番人が百年も前にいたラドル様を覚えているはずがない。ラドル様は、どうやって村へ入りこむつもりなんだ」

「魔女だったんだよ。ほうきに乗って飛んでくんだ。とにかく急ごう」

ザラが、せかす。

「フードをかぶって、水うさぎの背に顔をつけていれば、しばらく息はできる」

ザラは、水うさぎのマントをぬいで、ミアに着せてくれた。

地下水道の中で、ミアは水うさぎにまたがった。腰までが水につかる。水はごうごうと、音をたてて流れている。

「ありがとう」

ミアが上をみあげた。

「水うさぎは勝手に帰ってくるから、用が終わったら水辺ではなして」

穴のふちから身を乗りだして、ザラが叫んだ。

「無理をするんじゃないぞ！」

フォトは、ずっと心配そうな顔をしたままだった。

水うさぎ一頭がやっと泳げるほどのトンネルだった。頭を低くして、水うさぎの背にしがみついた。水うさぎの足が、流れにそって力強く水をかく。すぐ真っ暗になった。

流れに乗った水うさぎは、はやかった。ミアの両わきで水がはねた。その音が、あたりの壁に反響した。そして、すぐ水がミアの肩や口まで来た。

水うさぎは水の中へもぐった。ミアはザラにいわれたとおりに、水うさぎの背中に顔をつけた。

明かりはもちろん水の音もなくなる。ザラのいったとおり、息は苦しくなかった。水うさぎの毛皮は空気をふくむらしい。

地下水道は深いところもある。水うさぎは水の底へとむかう。なかなか浮上しない。

水の中で、どっちが上なのか下なのかわからなくなった。

いつもウスズ様の竜にまたがって王宮の崖をおちているんだ。水うさぎにつかまっていることぐらいできる。自信はあった。

でも、真っ暗闇の中で音もきこえない。

いつまで水中なのだろう。背に顔をつけても、いつまで息がもつのだろう。不安になった。怖いと思った。

一度、怖い！　と思ったら、がまんできなくなった。このままでは水底へつれていかれる。なんとか上へ行かなきゃ。

ミアは水うさぎの背から手をはなして、水をかきわけようとした。顔も背からはなれた。流される！　息ができない！　苦しい。

体が放りだされたのがわかった。明るい！　と思ったとき、宙に放りだされたミアの体はそのままおちて、水面にぶちあたっていた。地下水道の出口から飛びだしたのだ。痛む体が水の中に沈みそうだ。そのミアの首もとを何かがつかんだ。ミアはなんとか水面に顔を出した。鼻から水が出た。むせて苦しい。涙も出る。

水うさぎが、ザラからかりたミアのマントのえりもとをつかんでいた。

「ありがとう。ザラにはないしょよ」

ミアは、あたりをみまわしながら水うさぎにささやきかけた。水うさぎにつかまっていられなかったと、ザラに知られたくない。

黒雲がすぐそばにそそりたっている。ミアは川の中にいた。

黒雲の都をぬけだしたのだ。

ミアは、川の中で、また水うさぎの背にまたがった。

水うさぎは、迷わずに川の中を進む。

あたりは夕暮れだ。川むこうの道を馬車が行くのがみえる。一日もたなかった雲の晴れ間でも、あわただしく石炭を買いつけたのだろう。水うさぎは、荷をつんだ舟も何艘か追いこした。

川は何本かの支流を加えて、幅の広い大きな流れになっていく。両岸がみえない。ミアは、海というものをみたことがない。こんな感じなのだろうかと思ったとき、川の真ん中に中州がみえた。葦にかこまれた大きな中州だ。フォトは浮き島だといった。

ここが葦の村だ。ラドルの里だ。コキバはここにいる。ミアの気持ちははやった。

背の高い葦が、みっしりと塀のように中州をおおっている。水うさぎは、なれた様子で葦の原を回りこんだ。

葦がはえていない場所が、広くあいている。そこが船つき場だった。舟が何艘もある。むこう岸から来た舟が、今着いたところだ。何人もの人が舟からおりた。みな、船つき場の

奥にある葦で編んだ塀のほうへぞろぞろとむかう。村への入り口があるらしい。水うさぎは背にミアを乗せたまま、船つき場にはいあがった。

ミアは、村へ入るために並ぶ人たちの列の最後についた。

船つき場の木戸口に、長い竿をもったおじいさんがいた。このおじいさんが、村の番人だ。

にぎやかな村だ。笛や太鼓の音、歌う声もきこえる。

「母さん、早く早く」

列の前のほうにいた女の子が、母親の手を引っぱっている。

「夜祭りだもの、これからよ」

母親が笑った。

祭りがあるらしい。

「里帰りか。大きくなったな」

おじいさんは、その親子に笑顔をみせて木戸口を通した。母親の里らしい。

ミアの前にいた、包みを背おった女は、その竿でとめられた。

「みかけんやつだ。どこから来た？」

「西原の村から野菜の行商に来ました」

「野菜売りはもういる。帰れ」

「えー、どうして！」

女はほほをふくらませた。

「この村には、身元のたしかな者と、昔からつきあいのある商人しか入れん」

おじいさんは、そんなことも知らないで来たのかと怖い顔をする。

「知らなかった。祭りだし、いいじゃないですか」

女は食い下がった。

「だめだだめだ。いくら祭りでも、つきあいのない者は入れん」

おじいさんは竿で女を追いはらった。

女は、悪態をつきながら舟にもどっていく。

おじいさんは、水うさぎに乗ったミアには、

「今日は一人か。祭りに来たのか。楽しんでいけ」

と笑顔をむけた。フードをすっぽりかぶっていると、ザラとみわけはつかない。ミアはほっとしていた。

島のまわりは葦がおおっている。たった一つの出入り口には、このおじいさんがいる。ラド

ルは空から村へ入るしかないだろう。木戸を出たミアは空をみあげた。フォトのいうとおり、百年も前に村を出たラドルを、人間のおじいさんが覚えているはずがない。おじいさんにとって、ラドルは身元がはっきりしない者だ。

空を何かが飛んできた。ラドルかと思った。鳥だ。サギだ。白い鳥が村の上空を飛んで、みえない何かにぶつかった。ぶつかっても、まっすぐ下へおちはしない。何かの上を転がるように、斜めにすべる。そのうちに体勢をたてなおして、また空へ飛びたった。

何かみえないものが、この村をおおっている。魔法だ。この村は守られている。魔女がいるのだ。

「ここにはいつから魔女がいるんですか？」

ミアはおじいさんをふりむいた。

ラドルのはずはないが、ここはラドルの里らしい。ミアは気になった。

「三年ほど前だろうか。その年は冬が長かったせいか、わたり鳥が大群でこの村へやってきてな。人の重みで島が沈みかけたことはあったが、まさか鳥で沈みかけるとは思いもしなかった。それで、魔女をやとった」

おじいさんは、おおいをかけてもらっているというように、もっている竿をふった。竿をふるおじいさんの手首が、キラリと光る。透明な小さな石を何粒か糸でつなげた腕輪をしていた。どこかでみた石だと思いながらも、ミアはラドルがこの村に入りこんだ方法のほうが気になっていた。

鳥も空から入れない村だ。ラドルはほうきに乗って空から入ったわけではないらしい。でもきっともう、この村に帰っているはずだ。どうやってラドルはこの村に入ったのだろう？

ミアは、魔女がいることが気になった。おじいさんたちは、ラドルが昔この村にいた魔女だということを知らない。三年前にやとった魔女がラドルということはないだろうか。泣き虫の竜は、ラドルがコキバをさらってすぐ、ラドルは葦の村へ帰ったといった。ラドルは、いつかはこの村へ帰るつもりでいた。黒雲の都とこの村を、こっそり行き来していたかもしれない。

「魔女は、お年寄りですか？」

ミアはラドルの姿をはっきりみていない。わかるのはこれぐらいだ。

「いいや。この村でやとえる魔女だ。礼金も少ない。まだ若い、ひよっこだ。魔女屋敷にいる」

「魔女屋敷？」

フォトが、ラドルは葦の村に屋敷でもあるのか？　といっていた。

「大昔、この村にいた魔女の屋敷だ。ずっと空き家でな。まあ、あんな家、魔女しか住めん。魔女に用なのか？」

おじいさんが、いぶかしげにミアをみた。魔女のことばかりきくミアを不審に思ったらしい。

「あ、あの、魔女をみたことがなくって」

ミアはなんとかそうこたえた。

「けもの屋だろうが。いろいろな都も歩くだろうに」

おじいさんは首をかしげたが、

「まあ、私は魔女ですと看板を下げるわけでもないしな。みたこともなくて当たり前か。ほうきで飛ぶところをみないと、人間の女と変わりはないぞ。広場の奥だ」

と教えてくれた。そして、

「水うさぎはおいていけ。祭りだ。じゃまになる」

みていてやる、といってくれている。

「待っててね」

ミアは水うさぎに声をかけ、おじいさんにお礼をいって木戸をぬけた。

「髪をのばしたんだな。にあってるぞ」
おじいさんがほほえんだ。
フードから三つ編みの先がのぞいていた。

のきの低い家が並ぶ。葦で編んだ家だ。屋根も葦で葺いてある。一階建ての小屋のようだ。浮き島だ。軽い家がいいのだろう。家々は島をかこむ葦にそって建てられている。葦の塀と葦の家々の二重の輪にかこまれて、祭りが行われている広場があった。

あちこちでたかれているかがり火で、広場は昼のように明るかった。

川魚や肉を焼く屋台、甘いにおいをさせるパンを焼く屋台もある。食べ物を焼く煙と人々の熱気で、広場へ入ったとたんムッとするようだ。広場に何か所もおかれたテーブルで酒盛りをする人たち。笛や太鼓にあわせて踊る人たち。ミアが育った谷の村の祭りより、何倍もにぎやかな祭りだ。

前を行く人の中に、野菜の入ったかごを背おった人や、何か商品を包んだ布を背おった商人らしい人の後ろ姿もある。これから店を開くのだろう。

その中に、どこかでみた後ろ姿があった。赤と金色のしま模様の派手な上着。つばの広い赤い帽子。大道芸人の親方だ。祭りだから来たのだろうと思いながらも、ミアは何か気にかかった。気にかかったのだが、ミアの目は人形劇の舞台にひきつけられていた。

ミアは、人形劇というのを初めてみる。布かざりのついた大きな箱の中で、糸でつられた竜の人形が飛びまわっていた。片目の竜のお話らしい。地面にしかれた敷物の観客席の中に、木戸口でみかけた親子もいた。

人ごみをよけながら、ミアは広場の奥へと進んだ。ラドルがどうやってこの村へ入りこんだのか考えていた。木戸番のおじいさんは、魔女はひよっこだといった。魔法をそううまくつかえないということだろう。その魔女の魔法に、ほころびがあったかもしれない。ラドルは年寄りの魔女だ。若い魔女の魔法は、簡単に破ることができるかもしれない。とにかく、この島にやとわれたという魔女に会おう。ミアはそう思っていた。

広場の中ほどに、柵にかこまれた穴があった。都なら噴水があるところだ。ここは川の上だ。井戸でもない。なんの穴だろうと思いながらも、ミアは魔女屋敷らしきものをさがした。

広場をつっきって奥まで来たが、あたりには同じような葦の家が並ぶばかりだ。家と家の間に一本の木はあった。この村に来て、木というものを初めてみた。この村に不釣りあいな太い幹をもち、両どなり三軒ぶんの屋根の上まで豊かな葉をしげらせる大きな木だ。

魔女屋敷はどこだろう？　誰かにきいてみようとミアがふりむきかけたとき、

「何か用？」

声がした。目の前の木の中からきこえた。

ミアがその木をみあげたとたん、しげっていた緑の葉がわやわやと霧のようにかすんでいく。その霧が晴れたと思ったら、木の上に何かがみえてきた。岩？　みまちがいかとミアは目をこすった。

目をこすっている間に、その木を押しつぶしそうな岩が枝にのっているのが、はっきりとみえてきた。岩に木のドアがあり、その前にテラスもある。でも、どうやって入るのだろう？　はしごもない。木をよじのぼったとしても、はりだしている岩で入り口には行けない。ほうきで飛んで入るのだ。

これが魔女屋敷だ。おじいさんが、あんな家、魔女しか住めんといったわけがわかった。

「すごい！　隠してるんだ」

ミアの口から思わず言葉が出た。

木戸番のおじいさんは、ひよっこの魔女だといった。でも、こんな魔法をつかえる。

「何がすごいの。この家？」

入り口のテラスに人が出てきた。これが、この村にやとわれている魔女だ。くり色の長い髪を一本の三つ編みにしている。ごわついたチュニックを着ていた。きっと麻だ。王宮の魔女たちは絹のチュニックだ。ミアでも粗末なものにみえる。チュニックの胸に、木戸番のおじいさんの腕輪についていたような石が、一粒だけ糸に通して下げてあった。魔女の年齢はミアにはわからない。人間にしたら二十歳ぐらいだろうか。

すごいです、と目をみはるミアに、

「私の魔法じゃないのよ。この家の前の持ち主の魔法。魔女屋敷がこのあたりだと、立ちどまる者がいると姿をあらわすの」

若い魔女はつまらなそうに肩をすくめた。ラドルの魔法ということだ。ラドルはこの岩の家で、あの石に思いをかけていたのだ。岩をくりぬいてできている。まるで要塞のようだ。そして木の中に隠していた。ほかの魔女にあの石をとられまいとしたのだろう。

「私なんて、この村をおおう魔法をかけるのが精いっぱい。それに、私は家を隠す必要もないしね」

若い魔女がいい終わらないうちに、雨がふってきた。村をおおう透明なおおいにあたる雨粒が、ポロンポロンと音をたてている。魔女もミアも空をみあげた。

おちてきた雨粒が、透明なおおいの上を流れていくのがみえる。祭りはそのおかげで雨がふってきてもにぎやかだ。この魔女の、村をおおう魔法にほころびはなさそうだった。

「ラドルは、この家に帰っていませんか？」

ミアは若い魔女をみあげた。

「ラドルって誰よ？　それより、あんた誰？　なんか用？」

魔女がまゆをよせてミアをみおろす。

ラドルというのは、黒雲の都で人間になりすましていたときの名前だと、やっと気がついた。魔女の名前もあるはずだ。

「王宮から来ました。ミアといいます。この家の前の持ち主をさがしています」

「へぇ。王宮から。あんたみたいな子どもが来るわけ？　前の持ち主っていったら、隻眼の竜に恋したっていう伝説の魔女でしょ」

若い魔女が首をかしげた。

「伝説の魔女？　隻眼ってどういうことですか？」

ミアは初めてきく言葉だ。

「片目ってことよ。人形劇でみなかった？　毎年、祭りになると同じ話をくりかえししてる

わ。大昔、このあたりにいたあばれものの竜と、その竜に恋した魔女のお話よ」

人形劇の舞台で、竜の人形が飛びまわっていたが、魔女はみていない。

「竜に恋したんですか？」

ミアは、ラドルが――と、いいかけてやめた。

「そんな話になってるわ。まあ、人間がいい伝えてきた話だから、本当なのかどうかわかりゃしないけどね。この島のいい伝え、不思議っていったほうがいいかな」

若い魔女は、胸に下げた石をさわりながら、広場の人形劇の舞台のほうへ行ってみろ、というようにあごをしゃくった。そして、

「あの話の魔女、まだ生きてるっていうの？」

と目をまるくした。

「この島に帰ってきたはずなんです」

ミアはうなずいた。

「いくら私たち魔女が長生きだとしても、そりゃ、すごい年寄りだわね。でも、もし帰ってきたとしても、ここを明けわたすつもりはないわ」

若い魔女は、ふんと鼻をならした。

「王宮から来たっていったわね。王宮の魔女たちはいいわ。魔女として生きていられる。私みたいに町や村にいる魔女は、必要とされないかぎり魔法をつかうことなどないもの。まじないや占いをするのがせいぜいだわ。ほうきで飛ぶことだって忘れてしまいそうよ。でも魔女として生まれたのよ。私は魔法をつかって生きていきたい。この村は、私の魔法を必要としてくれる」

若い魔女は誇らしげに、雨をはじく空をみあげた。

「魔女なら、あなたの魔法を破って、この村に入りこめますか？」

「いくらナナフシでも、そう簡単に破れるもんじゃないわよ。もし破られたら、私にわかるわ」

若い魔女は、魔法は破られていないと胸をはった。

「ナナフシ？」

どこかできいたと、ミアは思いだそうとした。ラドルの竜だまりで、竜が最後にいった言葉だ。

「その伝説の魔女のことよ。ナナフシって虫、知らない？　まわりと同じに化けることができる虫のこと。この家だって木にみえたでしょ。そうよね。この家に魔法をかけたままってことは、ナナフシは、またこの家に帰るつもりだってことかしら」

若い魔女は、ナナフシはとっくに死んでいると思っていたらしい。この家をとりあげられてたまるかと、ほほをふくらませた。

「まわりと同じに化ける？」

ミアは、ナナフシ自身も化けるということだろうかと、首をかしげた。

「姿を変える魔法が得意だったそうよ。自分もほかのものも。だからナナフシって呼ばれたんでしょ」

若い魔女は、それぐらい知っているだろうとミアをみる。ミアもうなずいた。王宮の魔女たちも、名前から、つかう魔法を想像することができる。

「私なんて、まだ名前がないのよ」

それでも若い魔女は、これから私だって名前のある魔女になるのだと目をかがやかせた。

「姿を変えられる」

ラドルは何かに化けて来た。コキバの姿も変えて、この島に入りこんだのだ。

「この家みたいなものなら、魔法も長続きするでしょうね。でも、生きているものの姿はいつまでも変えておくことはできないと思う。目くらましよ。ナナフシでもせいぜい一日よ」

若い魔女は、対抗心からか絶対そうだとうなずいてみせた。

「とにかく、誰もこの家に来ていない。もっとも、そんなおいぼれ、来ても追いかえしてやるわ」

若い魔女は頭をふりあげた。そして、岩の家は、またおいしげった木の葉に隠されたようにみえなくなっていた。ミアがお礼をいうひまもなかった。

ラドルは、あの石がまた手に入ったら、この家で思いをかけるつもりだった。だから、魔女屋敷の魔法をそのままにしていた。でも、コキバはもう石ではない。この家には帰っていないようだ。でも、この村に何かあるのだ。

とにかく村には帰ってきているはずだ。どうやって入りこんだのだろう？　空からは無理だ。ナナフシという名だという。誰かに化けて木戸を通った。木戸番のおじいさんが知っている誰かに化けた。ラドルはコキバをつれている。二人いっしょに通ったはずだ。ミアは、木戸口でみかけた親子が気になった。

ミアは広場へかけもどった。親子はまだ、人形劇をみていた。

「かわいそうだ。竜、かわいそうだ。魔女もかわいそうだ」

女の子が、舞台をみながら泣いている。

舞台では、魔女の人形が竜の人形を抱きしめて泣いていた。

ミアはその女の子に目をみはった。女の子のほほを伝う涙が透明な小さな石に変わって、ころころとこぼれ落ちていくのだ。

「おどろいた？」

女の子のとなりにいる母親が、息をのんでいるミアをいぶかしげにみる。ミアはうなずくことしかできない。

「けもの屋でしょう。この村に初めて来た？」

母親は自分の涙の石を拾い集める女の子を手伝いながら、首をかしげる。

「あ、その。人形劇はみたことなくて」

ザラとのあわただしい別れを思いだす。こんなことまで教えてくれるひまはなかった。

「この島の不思議なのよ」

ミアは、ああとうなずいた。若い魔女がいっていた。

「この人形劇をみて流す涙が石になるの。この島の者ならたいていもってる」

母親は、チュニックの中から、やはり首から下げていた何粒かの石を出してみせてくれる。

女の子は、自分の石を拾い集めると、広場の柵へかけていく。そして、真ん中の穴へ投げ入れてもどってきた。観客の何人かが、女の子と同じことをしていた。

「お守りがわりなのよ。竜の目に涙をかえして、一粒だけもって帰るの」

母親は女の子がにぎっている一粒の石をいとおしそうにみた。

「竜の目？」

「あの穴がそう呼ばれている」

母親が広場へ目をやった。

劇は終わって、舞台に幕がひかれているが、たいていの観客はすわったままだ。

「おばあちゃんの家へ帰ろうか」

母親が女の子をうながした。

「ううん。もう一回みる」

女の子も、首をふって動こうとはしない。若い魔女は、劇をくりかえししているといった。

よほどおもしろいお話なのだろうか？

「どんなお話なんですか？」

ミアは、母親のとなりにすわりこんだ。

「このあたりに伝わる昔話なのよ」

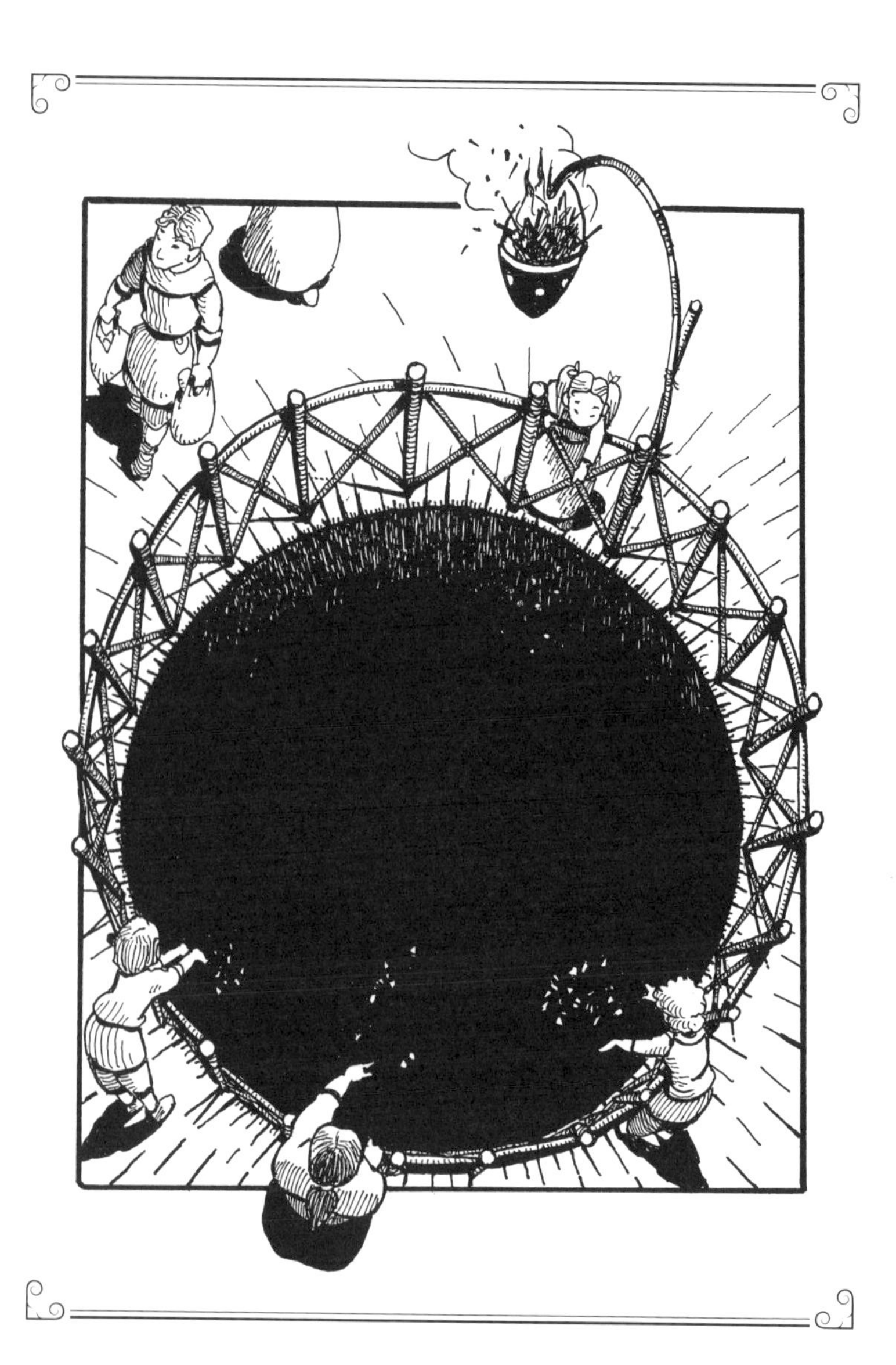

という母親のわきから、娘が顔を出す。

「魔女と竜は仲よしなんだよ。悪い人間が竜の片目をつぶしちゃうんだ。竜は悪いことなんてしないのに。怒った竜があばれて、人間たちが竜を退治しちゃうの。魔女は竜といっしょに戦うの。竜は魔女をかばって自分が死んじゃった。竜も魔女もかわいそうなの」

と、女の子はそれでねそれでね、というように夢中になって教えてくれる。

　魔女とはラドルのことだ。こんな小さな子でも、かわいそうだと感じるらしい。ラドルは、かわいそうな目にあったのだ。思うように生きられないことがあった。昔話の中で、ラドルと竜は悪者ではないようだった。

「昔、この川は大雨がふると、濁流になってあたりの村も町も都までおし流したそうよ。あばれ川だったのよ。この川のふちに住んでいた竜と魔女のお話なの。隻眼の竜の亡骸がこの川底に沈んでいるといわれているわ」

　母親は、昔話よ、というようにうなずいてみせた。

「この川は、氾濫するんですか」

　雨はさっきよりずいぶん強くなっているようにみえる。川は、濁流になってあばれ始めるんじゃないだろうか。谷底の村に生まれ、王宮で暮らすミアは、こんな大きな川をみたのは初めてだ。

その川の真ん中に、それも浮き島の上にいると思うと怖くなる。

「竜が川に沈んでからは、水の被害はないんですって。どんなに雨がふりつづけようともね。この島だって流されたことはないそうだわ」

母親は、雨など気にするようでもなく、うかれ騒ぐ人たちをふりかえった。

「この浮き島が、その竜の残った片目だっていわれている。その真ん中にある穴だから、竜の目って呼ぶのよ」

そういう母親のそでを、女の子がひいている。人形劇がまた始まるところだ。

この親子ではない。ミアは立ちあがった。ラドルがのんびりと人形劇を二度みるとは思えなかった。

ミアは、広場へ目をやった。

ラドルはコキバをつれてこの島まで来た。コキバを竜王に変える思いをかけるなら、どこでもいいはずだ。竜の残された片目だというこの島に何かある。

どんどん強くなる雨足を気にしながら、祭りを楽しむ人たちに目をこらす。絶対、この中にいるはずだ。誰に化けて来たんだろう？　木戸番のおじいさんの目をごまかせる者。おじいさ

んが、あやしまない者だ。

ミアは、何かが気になったことを思いだした。広場へ入った商人をみたときだ。ミアは、けもの屋のザラになりすまして木戸を通った。木戸番は、けもの屋はけものを売れば島を出ていくとわかっているから、島へ入れてくれるだろうとフォトがいった。木戸番のおじいさんの顔みしりの商人なら島へ入りこめる。ザラのいったことだ。ザラが何かいっていた。なんていったろう？　ミアは、思いだせない何かにいらついた。

「あれ、もう終わり？」

ミアのそばにいた男の子が、むこうから来た同じ年ぐらいの男の子にきいている。

「みに行ったってだめだ。ちっともおもしろくねぇんだ。大道芸人の親方が今年も来てんのに。つまらねぇったらねぇの」

声をかけられた男の子は不満げに鼻をならす。

その男の子たちも、腕や首にあの石を下げている。

「ナイフ投げやたるまわしは？」

「来てねぇ。サルだけ。何もしねぇんだぜ」

男の子は、行ってもだめだと首をふった。

「ああ！」

ミアは声をあげていた。

大道芸人の親方だ。今日の昼、黒雲の都の泥棒市にいた。その親方を、さっき村でみかけた。黒雲の都は一日で雲におおわれた。おおわれる前に出ていたのだろうか？　ミアはやっとザラがいったことを思いだした。親方はクマがほしいが三日は通ってくるといった。

大道芸人は去年もこの村に来たらしい。木戸番のおじいさんとは顔みしりだ。

ラドルは大道芸人の親方に化けたんじゃないだろうか。

「大道芸人の親方はどこにいたの？」

ミアは不満げな男の子にきいた。

「あっち」

男の子が人形劇の舞台とは反対側を指さした。ミアはかけだした。

「おもしろくねぇよ。サルも何もしねぇ」

男の子の声がきこえた。

やっぱりそうだ。二人いっしょだ。コキバをサルに変えてきたのだ。

人ごみの中に親方がみえた。大きな男だ。ほかの人たちより頭一つ出ている。ミアはかけよった。

「ナイフ投げないの？」

「サルの火の輪くぐりは？」

子どもたちが、むらがっていた。

大道芸人の親方は、ぬっと立っているだけでこたえようとはしない。

近くのテーブルで酒盛りをしていた大人たちも、

「せっかく来てくれたんだ。何かみせてやってくれ」

「おお、祝儀ははずむぞ」

なんて声をかけている。

「コキバ！」

ミアは、子どもたちをかきわけた。

親方はミアをみても何もいわない。ぼんやりした目でミアをみただけだ。

親方は竹馬に乗ったサルをつれている。毛のぬけかけた小さなサルだ。サルの手首と親方の手首を革ひもがつないでいた。

「コキバ！」

ミアはサルへ手をのばした。

サルは歯をむいてうなる。そしてミアに飛びかかってきた。手をひっかかれて、ミアは血のにじむ手をあわてておさえた。

サルは竹馬を放りだして、親方の肩へ飛び乗った。

「なんだ。芸をするどころか、なれてないサルじゃないか」

「おまえたちも、近よるんじゃない」

「危ないぞ」

それをみた大人たちが、むらがっていた子どもたちを追いはらう。

サルは親方の肩の上で、ミアを威嚇するように真っ赤な口を開けてないている。

もう、私のことを忘れてしまったのかもしれない。でも、呼べば必ず思いだす。コキバはミアのいいたいことをわかってくれる。ミアは自信があった。

「コキバ」

とまた呼んでみた。

　手をさしだそうとして、サルの足に光る輪があることに気がついた。ラドルの竜だまりで、輿の中からみえたラドルの足にあったものだ。この島の不思議な石だ。サルがラドルだ。ミア

はのばしかけた手をひっこめた。
すると、親方がコキバなのだろうか？

第九章　ラドルと隻眼の竜

「コキバ？」

ミアは親方をみあげた。

ぼんやりとミアをみていた親方の目に、小さな光がさしたように思えた。灰色の瞳にみえた親方の目の色が、緑色に変わっていくのがわかる。コキバの瞳だ。

「じゃまするな！」

サルが親方の肩から飛びおりた。ミアの前に飛びおりたサルは、ラドルの姿に変わった。ほうきにまたがった小さなおばあさんだ。肉がそげおちた骨と皮だけのような体だ。薄くなった髪で、小さなおだんごを頭の上に結っている。よく、ほうきにまたがっていられると思うような弱々しい姿だが、しみとしわだらけの小さな顔の中で、憎々しげにミアをにらむ血ばしった目だけがらんらんとかがやいていた。

「コキバをかえして！」

ミアはラドルの後ろにいるコキバをみた。コキバも親方の姿から変わっていた。ミアの知っている姿ではなかった。ミアより少し大きくなっている。そして、人間のように立っていた。立っているというか、なんとかふんばっているようにみえる。しっぽはないが、背中に黒みがかった緑色の翼があった。顔ももう竜の顔ではない。人間の顔のようだが、顔も体も翼と同じ色のうろこでおおわれている。その顔の中で、コキバの目だけが、ミアのみなれた緑色のコキバの瞳だった。

「化け物だ！」

あたりにいた人たちがコキバをみて叫ぶ。

叫びながらコキバから飛びはなれた。悲鳴があがった。泣きだした子どもを大人がかかえて逃げていく。

まわりの人たちが、化け物だと怖がるのもわかる異様な姿だった。

コキバのうろこにおおわれた顔がゆがんだ。

コキバは、口を開こうとしていた。動くこともままならないのだ。何かいいたいのだ。声が

出ない。ミアって呼びたいのだとわかった。

コキバがかわいそうでたまらなかった。この姿はコキバのなりたいものじゃない。コキバが願うものじゃない。

「コキバ！」

ミアの声はかすれた。

「呼ぶな！」

ミアの声をきかせまいとラドルがどなる。

「おまえのせいだ。おまえのせいで、これは竜にならん！」

ラドルがふるえる指をミアにつきつけていた。

コキバは竜になりたくないのだ。ラドルの竜だまりで、ラドルにさらわれたとき、コキバは初めてミアと呼んだ。その声は竜の声のようにミアの頭の中にではなく、空気を伝わってミアの耳にとどいた。

コキバは、声に出してミアを呼びたいのだ。コキバにはなりたいものがある。もしかすると、コキバは人間になりたいのかもしれないとミアは思った。

「コキバの願うものに――」

「ええい。うるさい！」

ラドルがミアの言葉をさえぎる。この小さな体から出た声とは思えなかった。強くなった雨の音さえ、一瞬きこえなくなった。

「おまえがそういうから、これは、自分がなりたいものになろうと決めおった。私の竜だまりで、それはわかった。でも、まだこれは変われる。私の思いだって吸う。私の思いだけではたりないかもしれない。だから川の思いもかりようと、ここへ帰ってきた。この川には私の竜が沈んでいる。なのに、このありさまだ。翼はできたのに、竜にはならん！　人間になるつもりのようだ。なぜだ？　虫けらほどの命しかない愚かな人間に、なぜなりたい」

ラドルは怒っていた。思うようにならないコキバに腹をたてていた。

コキバは戦っている。ミアはそう思った。コキバは両手のこぶしをにぎりしめて、ふるえていた。竜のように、手をついて四つんばいになるまいとしている。きっと人間のように立っているのがやっとなのだ。ラドルの思いをうけても、声を出そうとしている。人間になろうとしている。ラドルの思うようになってたまるかと抵抗している。

ラドルは川の思いともいった。ラドルは、この村のあの岩の家で、川といっしょに石に思いをかけつづけてきたのだ。だから、また思いをかけるためにコキバをここへつれてきたのだ。

「川の思いって、隻眼の竜の思い？」

「ああ。この川が私の竜の思いを伝えてくれる」

ごうごうと音をたてて流れる川の音より、柵にかこまれた穴からきこえるごぼごぼという音が大きくなっていた。何かがつぶやいているように、ミアには思えた。

ラドルはその音に耳をすませている。ミアが感じたように、その穴から川が何かいっている。隻眼の竜の思いだろうか。

「何百年も前に死んだはずでしょ」

でもミアにも、その声がきこえるようだ。

「ああ。悔しい思いで、人間たちをうらみながら死んでいった。でも、その思いは残っている。私にはわかる」

ラドルは大きくうなずいた。隻眼の竜の思いをたしかにきいたというようにだ。

「私の竜は大きく強かった。やさしかった。私たちはいっしょにいた。それだけでよかった。日の光をあびて、かがやきながら青い空を飛ぶ。私は、そんな竜をみあげるだけで幸せだった。ずっといっしょにいられるはずだった」

ラドルの瞳が一瞬やさしくなった。

「竜王？」

ミアの口から言葉が出ていた。

「いいや。五爪でもない普通の竜だった。でも強かった。人間たちは、大きく強い竜だというだけで私の竜におびえた。竜がそばにいるというだけで怖がった」

ラドルの小さな体が怒りでふるえていた。

「人間がそんなに愚かだと思いもしなかった。何かされる前に私の竜を殺してしまおうとした。何もしなかったのに。私も竜も、人間たちの思惑など知るよしもなかった。殺されかけて、やっと気がついた。油断した。私の竜は片目を失って荒れ狂った。私たちは戦った。竜は私を助けるために命をおとした」

ふるえるラドルの目に涙がたまる。いまだに竜を思っている。竜を忘れられないのだ。

「私は竜の亡骸をこの川に沈めた。そのとき、この島があらわれた。竜の片目だと思った。この川が私をあわれんで、私の竜の片目を残してくれたとわかった。この島は、私と私の竜とこの川の思いのかたまりだ。私はこの島で泣いた。この島で人間たちをうらんだ。人間たちをゆるせなかった。私は一人だった。竜のいない毎日にたえられなかった。生きていてもしょうがないと思った。魔女の寿命がうらめしかった。そんなとき、あの石が手に入った。竜王が目覚める石。私に生きがいができた。この島で、竜の思いもいっしょにあの石に思いをかけた。竜王をつかってこの世を破壊してやる！　生きていてよかったと思った。私は思いをかけつづけた」

なのにと、ラドルは肩をおとした。石からは何も目覚めなかったのだ。それでもラドルはあきらめきれなかった。あの石をさがしに黒雲の都へ行った。

石を手に入れたら、またこの村で隻眼の竜の思いといっしょに石へ思いをかけるつもりだったのだ。

ラドルの人間へのうらみは深い。

「ゆるさない！　私は、ゆるさない！　これをつかってこの世を、愚かな人間が支配するこの世をふみつぶしてやる！」

ラドルの声といっしょに、雷がおちた。

若い魔女の魔法の透明なドームの上で、花火のように雷がちった。外は嵐だった。雨の音、風の音、川の音。川は荒れ狂っていた。川面の黒い波がドームへおそいかかって、おちてくる滝のような雨とぶつかった。

「ひどいことをする人間ばかりじゃない。人形劇をみていた子は、竜も魔女もかわいそうだっ

て泣いた。この村の祭りで、あなたと竜のお話をくりかえしするのは、かわいそうなことをしたって思っているからだ。その思いが涙の石になる。この村の人間たちはその涙をあなたの竜にかえしてる」

ラドルにミアの言葉はとどいていない。ラドルは、ミアをにらみつづけたままだ。

「いくらあなたとこの川が思いをかけても、あなたの石から竜王は目覚めなかった。コキバだって竜王にはならない。コキバをかえして！　コキバを何かに変えようとしないで！」

ミアはコキバの手をとろうとした。そのミアの体は、ほうきに乗ったラドルに体当たりされて地面に転がっていた。

朽ちかけた枯れ木のようなラドルなのに、ほうきに乗っているせいか力は強く、すばしこい。

ミアは、はねおきようとした。はねおきようとしたミアの体はゆれた。立つことができなかった。

地面が大きくぐらりとかたむいたのだ。

悲鳴があがった。

「流される！」

村人の声だ。

地面がゆれている。今まで、流されたことがないというこの浮き島が、濁流にのみこまれて流されようとしていた。

「逃げるぞ。島を出る！」

「出たって川は荒れてる！」

木戸口へむかってかけだす人、どうしたらいいのかわからなくて、立ちつくす人。親を呼ぶ子どもの声、子どもをさがす親、家から家財道具を背おって飛びだしてくる人。あたりはどなり声と泣き声で一気に殺気だった。

「これは竜にはなれん。だが命がある」

騒ぎの中で、ラドルの言葉がミアの耳につきささった。竜になろうとしないコキバを、ラドルはまだあきらめていない。

「私の竜が、またあばれたがっている。川が命をほしがっている」

ラドルは、川の、竜の、言葉をきいたというように、うなずいて笑い声をあげた。穴からきこえたごぼごぼという音が、ぴたりとやんでいた。それはそれで不気味に思えた。

突然、雨がおちてきた。風が吹きつける。

ぐらぐらとゆれる地面の上で、ミアもコキバも、逃げまどう村の人たちも、ふき飛ばされそうだ。なのに小さなラドルの体は、ほうきに乗ったままゆるぎもしなかった。

おおいがなくなったのだ。島におおいをかけていた若い魔女も、島をみ捨てて逃げだした。

雨にぬれて、かがり火がいっせいに消えた。

あたりは真っ暗になった。

「コキバをどうするつもり！」

ずぶぬれになりながらミアは、ゆれる地面になんとか立ちあがった。

「これは、あの石から目覚めた命だ。不思議な命だ。この命をもらう！」

ラドルの目は暗闇の中でも、興奮でぎらりと光った。

「今の私にできる最後の魔法だ」

ほうきに乗ったラドルが、地面に立つコキバに飛びついた。自分より大きくなったコキバをかかえこんで、飛びあがろうとしていた。

ラドルをひきとめようと、ミアはラドルの背中に飛びついていた。

「ラドル！」

頭の中に声がきこえた。ラドルの竜だまりにいた竜の声だ。

ミアもラドルも、一瞬空をみあげた。

あの泣き虫の竜が来ていた。ラドルの呪縛からぬけだして、自分の意志で飛んできたのだ。

黒雲の都の雷をかいくぐって、いや、何度か雷にあたりながら、雲をぬけてきた。体のあちこちが焼けこげて黒ずんでいた。

「ラドル、おれは竜になる。本物の竜になる。いっしょに都へ帰ろう」

竜はおり立った。

「じゃまだ！」

竜へミアへ、ラドルはいいはなった。そして、ミアをふりはらった。

おり立った泣き虫の竜の足元に、ミアは転がっていた。

ラドルはコキバをかかえて、飛びあがっている。

ミアは、竜にかけよった。竜もすぐ身を低くしてくれた。泣き虫の竜はミアに、乗っていいといってくれていた。ミアは竜の首にまたがった。竜はミアを乗せて飛びたった。

風と雨の嵐の中でも、村の真ん中の柵でかこまれた穴から、噴水のように黒い水がふきだしてくるのがみえた。穴は、ふきだす水のいきおいでか、どんどん大きく広がっていく。そこか

らあがる水の柱も、太く高くなっていた。

ラドルは水の柱をめざして、風と雨をついて飛んでいる。

「ラドルは何をするつもりだ?」

竜がきく。

「隻眼の竜の思いにコキバの命をやるって――」

ミアは風の音に負けないようにどなった。

「どうやって?」

ミアにもわからない。

「最後の魔法だっていった。あの水がきっと隻眼の竜になるんだ」

ミアは、島の穴から立ちあがる水柱をみた。穴からはいあがろうとしている竜に思える。隻眼の竜の思いが形になっていくようだ。

水は高く高くふきあがる。その水の柱がくさびのように、浮き島を川にひきとめている。ミアにはそうみえた。

島は動いているが、流されてはいない。村の人たちは右往左往している。荒ぶる川へ小舟でこぎだす人たちもみえる。このままでは、村の人たちもこの島も川にのみこまれる。

泣き虫の竜は、水柱とラドルの間にわりこんでいた。

「どけ！」

ラドルがどなった。

「ラドル、あきらめろ。それは、自分のなりたいものになろうとしている。そうさせてやれ。おまえの復讐の道具にしちゃいけない。帰ろう。おれといっしょに帰ってくれ」

竜がやさしくさとした。

「またおまえと、あの竜だまりで、石をうらんでぐずぐずと泣けというのか！」

ラドルが泣き虫の竜をにらむ。

「泣かない。おれはもう泣かないことにした」

泣き虫の竜は、胸をはっていた。

「石から目覚めたことをうらまないと決めた。この子のいうとおり、竜になる。本物の竜になる。屋敷の竜だまりでおまえは、おれにいっしょに来いとはいってくれなかった。だから飛べないと思っていた。でも、この子がラドルをとめに行けといった。とめることで本物の竜になれるといった。やっと、おまえをとめることができる、今の命に気がついた。生きていることがありがたいと思えた。だから、ラドル、おまえに捨てられたと思っても飛べた。ここへ来られた。復讐などしてなんになる。おまえの残された命をそんなことにつかうな」

泣き虫の竜の声は、ラドルの竜だまりにいたときのすがりつくような声ではなかった。いちずにラドルを思いやる声だ。なのに、ラドルにその思いは伝わらなかった。ミアは、復讐心にこりかたまったラドルが、憎らしいというよりかわいそうに思えた。魔女の長い寿命を、ただうらむことについやしたのだ。この石がラドルの手に入らなかったら、ミアがコキバをつれていかなかったら、ラドルは復讐などあきらめていた。

「嫌だ。これは竜王にならなくとも、私の竜をよみがえらせることはできる。やわらかい不思議な命だ。私の竜もそれを望んでいる」

ラドルは、コキバをかかえたまま竜にむかって飛びかかってくる。ラドルは、泣き虫の竜が、きっと自分と戦うことなどできまいと思っていたのだろう。

でもちがった。竜はそんなラドルをしっぽでなぎはらった。

地面におちかけたラドルは、すぐさま体勢をたてなおした。恐ろしいいきおいで飛びあがってくる。

「ラドル、やめてくれ！」

竜はつらそうな声をあげた。ラドルをなぎはらった自分におどろいたようだ。ラドルはまた飛びかかってくる。竜はまた、しっぽでなぎはらおうとした。でも竜に迷いがあったのか、一瞬動きが遅れた。

ラドルはそのしっぽをよけて、水柱へコキバごと飛びこんでいた。

すぐさま何かが、叫んだ。まるでラドルを待っていたかのようだった。この世のものとは思えない声だ。嵐の音さえおさえこんで、あたりをゆるがして吠えた。

水柱から、ラドルとほうきだけが、まるではきだされるようにおちていく。ラドルは、ぼろぞうきんのように地面にはりついた。そのまま動こうとはしない。

水柱は、もう竜の姿に変わっていた。隻眼の竜に。島の穴から体のほとんどがぬけだそうとしていた。大きかった。こんなに大きな竜をみるのは初めてだった。泣き虫の竜もウスズ様の竜ほどもある。なのにその倍も大きい。隻眼の竜が、穴からぬけだそうと身もだえしながらまた吠えた。竜ではなくなっていた。言葉は出ない。吠えることしかできないのだ。

隻眼の竜は、ただのけものになっていた。残った片目が血ばしって赤く光った。やさしかったという竜の、あわれな姿だった。

コキバは、のみこまれたままだ。

「ラドル！」

泣き虫の竜が悲しげに、動かないラドルをみおろしている。

隻眼の竜は、穴からぬけだした。翼を動かす。そのひとかきで、隻眼の竜は空へまいあがった。

雷がなる。稲妻が魔女屋敷の木におちた。その光で、隻眼の竜のしっぽの真ん中から先のほうまでキラキラと光った。ミアには、こおりついているようにみえた。

隻眼の竜は、よみがえったことを喜ぶようにまた吠えた。この世をすべて破壊できなくとも、手あたりしだいあばれるつもりだ。

嵐の中、逃げまどっている村の人たちも、その声で空をみあげた。荒れ狂う川へ舟でこぎだしていた人も、みあげていた。その中にあの親子の姿もあった。隻眼の竜の恐ろしさに動けなくなっている。それから、はっとしたように悲鳴があがった。嵐の中でも、その悲鳴は空中のミアへとどいた。木の葉のようにゆれる舟に、女の子がしがみついている。

竜を静めなければ、川を静めなければとミアはあせった。

泣き虫の竜は、隻眼の竜に飛びかかっていた。すぐさまはね飛ばされる。ミアは、泣き虫の竜の首にはりついた。はね飛ばされても、泣き虫の竜は、悲鳴一つあげずにまた飛びかかる。

泣き虫の竜は、自分は隻眼の竜にかなわないとわかっている。はね飛ばされることを承知で、

傷つきながらも飛びかかることをやめようとはしない。自分にできることはそれしかないと思い定めていた。力つきるまで飛びかかるつもりだ。隻眼の竜をできるかぎり、ここにとどめておこうとしていた。

ミアは、泣き虫の竜をなぎはらう隻眼の竜が、しっぽをつかわないことに気がついた。竜たちは戦うとき、しっぽで相手をなぎはらう。隻眼の竜のしっぽなら、泣き虫の竜など一撃で地面にたたきおとしているはずだ。隻眼の竜の光るしっぽは、重たそうにたれ下がって、もちあがろうとはしない。こおりついたように光るしっぽの先がほんの少し、まだ島の穴にある。体が全部ぬけきれていない。

何度か飛びかかっていた泣き虫の竜のしっぽが、隻眼の竜の赤い目をたたいた。隻眼の竜が初めて悲鳴のように吠えた。

「目だ！」

泣き虫の竜が、弱点をみつけたと叫んだ。

隻眼の竜の片目をめざして飛びかかっていくが、あと少しというところで泣き虫の竜の爪はとどかない。

矢があれば！　とミアは思った。隻眼の竜の片目を射ぬくことができれば、あの親子も島の

人たちも、みんな助けることができる。

泣き虫の竜は、力をふりしぼって隻眼の竜の頭上へ飛んだ。

泣き虫の竜は、隻眼の竜の頭の上から、片目めがけてしっぽをうちつけようとした。隻眼の竜は、そのしっぽをガッと音をたててくわえていた。

隻眼の竜は、大きく首をふって泣き虫の竜を空中でふり回して地面へほうり投げた。

泣き虫の竜は地面にうちつけられて、初めてうめいた。

ミアも、泣き虫の竜の背からふりおとされて地面に転がっていた。でも、泣き虫の竜が地面へおちてから転がったせいか衝撃は少ない。ミアは、すぐさま立ちあがることができた。

そばにラドルが倒れていた。地面にはりついた姿は小さく、あわれだった。そばにラドルのほうきがあった。

「私がこの柄で目をつく！」

ミアはほうきを拾って、泣き虫の竜へかけよっていた。

ほうきをにぎったミアは、なんとか立ちあがろうとする泣き虫の竜にまたがった。

隻眼の竜は、赤い片目で島をみおろしている。

どうして飛んでいかない？　ミアは不思議だった。隻眼の竜は、泣き虫の竜など相手にして

いない。さっきまで立ちはだかってじゃまをしていた泣き虫の竜を、たたきおとしたのだ。どこへでも飛んでいけばいい。好き勝手にあばれればいいのだ。

そして、この島もまだ流されていないことが不思議だった。川は、恐ろしいいきおいで流れている。島のまわりの葦だって、水におし流されてしまった。まわりの家々の低い屋根を黒い水がなめている。なのに、島はゆれるものの、流されてはいないのだ。

また稲妻が光った。ミアは島の上にしばられたようにとどまる隻眼の竜をみつめた。

隻眼の竜は、いらついたように吠えて、大きな翼を動かした。何かをひきちぎろうとするように身もだえる。

「しっぽだ！　穴からぬけだせないんだ」

今のうちだとミアが叫んだ。

泣き虫の竜はまた飛びあがった。ミアは隻眼の竜に近づいた。隻眼の竜のしっぽに、この村の不思議だといったあの石が、つたがからまるように、びっしりこびりついているのに気がついた。

こおりついてみえたのは、あの涙の石のかがやきだ。

ミアには、その小さな石のかがやきが希望にみえた。これがあるかぎり、私たちでも隻眼の竜と戦えるかもしれないと思う。

この石のせいで、隻眼の竜はしっぽをふり回すことができない。この石のせいで島の上から飛びだしていくことができないのだ。この石は、村の人間たちの思いだ。ラドルと隻眼の竜がかわいそうだと流した涙だ。あの柵にかこまれた穴へ、村の人たちが投げ入れた小さな無数の石がしっぽにこびりついて、隻眼の竜を川へひきもどそうとしていた。

あんな小さな石が重いのだ。重くてたまらないのだ。あの石が隻眼の竜のくさびになっている。そして、隻眼の竜が村の人たちの思いからときはなたれないかぎり、この島は流されない。隻眼の竜とこの島が、お互いに結びあっている。くさびどうしなのだ。

泣き虫の竜は、今度は隻眼の竜にぶつからなかった。隻眼の竜の首にしがみついていた。

ミアが片目をつきさせるようにだ。

ミアは、ほうきの柄をかまえた。血ばしった目が、手のとどきそうなところにあった。柄をつきさそうとして、ミアは、はっとした。

隻眼の竜の命はコキバの命だ。ミアが、闇倉から大事にかかえてきた命だ。あばれまわる隻眼の竜にしがみついて、なんとかたえている傷だらけの泣き虫の竜の背の上で、ミアはうろたえた。

どうしたらいいのかわからなかった。このまま、隻眼の竜を自由にすることはできなかった。村の人たちも、どうなるかわからない。でも、コキバの命も助けたかった。

「早く！」

息もたえだえの泣き虫の竜が、かすれた声でいった。隻眼の竜にしがみついているのがやっとなのだ。

隻眼の竜は泣き虫の竜をひきはなそうと、そして、この島のくさびから自由になろうと身もだえ、あばれている。

しっぽにくっついている石がもっとあれば、隻眼の竜を川の中へひきもどせるとミアは思った。村の人たちもラドルも、石を身につけていた。でも、かき集める時間はない。いや、隻眼の竜と涙の石の思いは、今きっと同じ力だ。だから、ずっと島の上から動けない。

あと一粒の涙の石があれば、隻眼の竜を川へひきもどせる。たった一粒でいい。

隻眼の竜の体が大きくくねった。力をふりしぼって大きく吠える。そのいきおいで、穴からしっぽの先が引きぬかれそうだ。

隻眼の竜を川へひきもどす人間の思い。涙の石でなくても、人間の思いだけでもいいとミアは思った。私だってラドルも隻眼の竜のことも、かわいそうだと思っている。私の思いを、私の涙をとどければいい。

　隻眼の竜のしっぽが穴からぬけそうだ！

　ミアは、泣き虫の竜の背から飛びおりていた。

「あっ！　何をする」

　泣き虫の竜が、あわてたような声を出した。

　ミアは、竜の目だという穴へ、まっすぐに飛びこんでいった。

　真っ暗だった。水の渦に巻きこまれる。

　苦しい。でもミアは、ラドルも隻眼の竜もかわいそうだと、必死で思いつづけた。この島の人間たちの思いとミアの思いが、隻眼の竜にとどきますようにと願った。

　叫び声がした。悔しげな声。渦を巻く水に巻きこまれていても、きこえたと思った。

第十章　コキバのなりたいもの

覚(おぼ)えているのはそこまでだ。いや、黒い水の中で、ぼんやり白いものが近よってきたような気がした。

「ばか者！」

ウスズ様がどなっていると思った。

自分でもばかなことをしたとわかっていた。でも、あのとき、どうしたらいいのかわからなかった。ミアにできる精(せい)いっぱいのことをしたつもりだった。そんなに、しからなくてもいいのにと不満(ふまん)だった。

「ばか者！　早く目をさませ。起きろ。起きるんだ」

やはりウスズ様の声だ。

ミアは目を開けた。王宮のウスズ様の屋敷だ。自分の部屋のベッドにいた。

起きあがろうとして、

「ばか者、まだ寝ていろ！」

とウスズ様にどなられた。

「起きろといったり、寝ていろといったり。ミアはどうしていいかわからないわ」

そばにいた星の音が笑う。

長い夢をみていたようだ。でも夢ではない。

ウスズ様が、ひたいに青すじを立てて怒っている。

「無鉄砲にもほどがある！　自分がどうなるところだったのかよく考えろ！」

ウスズ様の声は、どなり疲れたのか、かすれていた。

「ミアは今、気がついたばかりよ」

星の音がウスズ様をなだめる。

ウスズ様はむっとした顔で、足音も荒く部屋を出ていってしまった。

「やっと目がさめおった。まったく、心配ばかりかけおって。何か精のつくものを食わせてや

れ」

ウスズ様がテムにいう声がきこえる。

「スープができてます。やわらかいパンも、肉も煮てあります。谷の子の好きな果物も」

テムがこたえる声もした。

星の音は笑っていた。

「ウスズは、本当に心配したのよ。ミアは三日、寝ていたんだもの。ウスズったら、この部屋へ出たり入ったりしてうるさいったらなかったの。ばか者めってどなりながら」

そういう星の音も少しやつれてみえる。

「でも、よく無事だった」

星の音がため息をついた。

ききたいことが山ほどあった。何からきいたらいいのかわからない。

「ミアは、自分の思いで隻眼の竜を川へひきもどそうとしたのね」

ミアは、うなだれた。

「何も、何も、できることがなかったんです。私は、泣き虫の竜にまたがっていただけでした。私には、なんの力もなかった。コキバを守ろうとしたのに、あの村の人たちも守りたかったのに――」

ミアはくちびるをかんだ。

竜の目と呼ばれるあの穴へ飛びこんで、その後、自分がどうなるか考えなかった。考える余裕がなかった。ミアはあのまま川にのみこまれて、おぼれてもしょうがなかったのだ。運がよかったとしか思えない。いまさらのように、恐ろしさにふるえあがった。

「自分の命を危険にさらして、誰かを守ろうとするなんて、戦う資格もなかったわね」

星の音の言葉はミアの胸をえぐるようだ。

ただ情けなかった。どうしようもない無力感にうちひしがれていた。

「でも、ミアはよくやった。今のミアにできる精いっぱいの戦い方だった」

ミアは、えっと顔をあげた。星の音にそういってもらえるとは思いもしなかった。ミアの目から涙がこぼれた。星の音の長い細い指が、ミアの涙をぬぐってくれた。

「ミアは、みんなを守ったのよ。コキバも葦の村の人たちも。あのままだったら隻眼の竜があばれたかもしれない、ほかの村や町の人たちもよ」

星の音の言葉をきいて、ミアの口から出たのは、

「ああ」

というため息だけだった。よかったと思った。言葉にならないほど、ほっとしていた。

「隻眼の竜が川へひきもどされたあと、川はすぐさまおとなしくなったそうよ。島も浮いているというわ」

「コキバは？」

「ここにいてよ。今、ミアの気つけ薬になる薬草をさがしにウスズの竜と山へ行ってる。帰りは明日でしょうね。ミアが気がついたと早く知らせたいわ」

「コキバの姿におどろいたでしょう？」

ミアは、浮き島で化け物だと騒がれたコキバの姿を思った。

「おどろいたわ。でも、コキバがあれでいいなら私たちが何もいうことはないもの」

星の音のいうとおりだった。ミアもうなずいた。ウスズ様の屋敷の人たちは、コキバがいいと思うならどんな姿でも受け入れてくれる。ミアはこの屋敷の人たちが大好きだ。

「コキバは、隻眼の竜が川へひきもどされるとき、竜の体からはじきだされたそうよ」

「コキバが、いったんですか？」

コキバは話せるようになったんだろうか？　ミアは気になった。

「まだ、かたことよ。いまにきちんと話せるようになる。ラドルの竜が、ウスズの竜に教えてくれたのよ。ウスズの竜がミアを迎えに黒雲の都の竜だまりに行ったら、けもの屋の娘が待っていたんですって」

ウスズ様の竜は、次の日の朝に、黒雲の都の竜だまりに迎えに来るといったのだ。

たった一日のことだったのかと、ミアはぼうぜんとしてしまった。五爪の竜に会ったことも、ザラと黒雲の都を歩いたことも、遠い昔のことのようだった。

「その子は、けもの屋のザラです。友だちになったんです」

ミアは、ザラやフォトにも心配をかけたと思った。

「ウスズの竜があわてて葦の村へ飛んでいって、川の岸で、ラドルの竜とミアとコキバをみつけたらしい。ミアは、水うさぎに助けてもらったのよ。水うさぎでなければ、川の中からミアをさがすことはできなかったって、ラドルの竜がいったそうだわ」

水の中でみたと思った白いものは、水うさぎだった。ザラに会いたかった。大事にしている水うさぎをかしてくれた。性悪だなんて思っていたことはないしょにしなきゃと、ミアはほほえんだ。お礼もいいたい。話したいこともたくさんある。何よりも、友ができたと思えることがうれしかった。

「ラドルは？」

「けわしい顔のまま亡くなっていたそうよ。ほかの生き方もあったでしょうに。あわれだった。亡骸は、ラドルの竜がどこかへ運んでいったらしいわ」

星の音は、ラドルにもラドルの竜にも同情していた。

泣き虫の竜は、あの川をみるのも嫌なのだろうか。ラドルを長い長い復讐にかりたてていた川だ。川からはなれて遠くへ行ったのだ。

泣き虫の竜はとうとう一人ぼっちになってしまった。でも、あの竜は強くなった。もう泣き虫の竜じゃない。きっと強く竜らしく生きていく。ミアは、またどこかで会ってみたかった。

テムが運んでくれたスープを飲んでいると、部屋の外が妙にあわただしくなった。

「コキバ？」

ミアは、コキバが帰ってきたのかと、ベッドから身を乗りだした。

「コキバは明日になると思うわ。でも、誰か来たみたいね」

ミアにつきっきりでいる星の音も、頭をめぐらせる。

「元気ですので、つれてまいります」

ウスズ様がそういった。それをさえぎるように、

「かまわん。ここか」

と、ミアの部屋のドアが開いた。

マカド様だ。

宝物殿から出たことがないというマカド様が、奥むきから出てきた。それも月の棟のはずれの、ウスズ様の屋敷の部屋子のところへ来たのだ。ウスズ様もテムも、ただおどろいて部屋をのぞきこんでいた。オゴがおろおろした様子で、マカド様の後ろにひかえている。

「私が毎日、テムに谷の子の様子をききに来ていたのでございますよ。気がついてようございました。『谷の子の目がさめました。おちつきましたら、宝物殿に来てもらいましょうか』とマカド様にお知らせしたのですが、ご自分が今行くとおっしゃって」

オゴは、困ったようにちぢこまっている。マカド様も怒っていた。

「どうしておまえたちはそうなのだ！　どうして自分を犠牲にしようとする！」

とミアをにらむ。

ウスズ様のようにではない静かな怒りだ。

あの村の竜の目と呼ばれる穴に、ミアが飛びこんだことを怒っているのはわかった。誰もがミアのしたことを怒っている。でも、それはミア一人がしたことだ。おまえたちというのがわからない。

ミアは、自分をにらむマカド様から、助けを求めるように星の音へ目をうつした。

「ミアらしい戦い方でした。私が一度しかりましたので、あとは、ほめてやっていただきとうございます」

星の音が、ミアの部屋にあるたった一つのいすから立ちあがろうともしないで、そういう。ウスズ様が困ったと顔をしかめるのがみえた。星の音は、マカド様にいすをゆずるつもりがない。テムがあわてて、いすをはこびこんだ。

マカド様がむっとした顔でそのいすにすわりこむ。そして、ちらりと星の音をみた。その視線が、じゃまだといっているのはミアにもわかった。

星の音は平然と、立とうともしない。

マカド様のまゆがきりきりとあがっていく。ミアのつばをのみこむ音がきこえそうだ。

その沈黙の中、ウスズ様もテムもオゴも、さあ大変なことになったというように、お互いの顔をみあわせている。

ウスズ様が観念したように息を吸って、口を開きかけた。星の音に、部屋を出るようにいおうとしたのだ。

マカド様が、いいというように片手をあげた。マカド様の肩から力がぬけた。

「おまえのかざり帯はみごとなものだなぁ」

何から話そうかと迷った様子で、小さなチェストの上にあるミアの帯をみる。

「昔といっても、そう二十年も前か。こんな帯をしている谷の子がおった。てっきりおまえの母御かと思ったら伯母御だそうだな。銀の羽からきいた」

宝物殿で、マカド様にその帯は母親がつくったのかときかれたことをミアは思いだした。

「あのころ、宝物殿はわらわの父上が守っておった。その父上がやはりけがをして、あの谷の子が呼ばれた」

二のおばのことだ。

「わらわよりはほんの少し年上だった。なんでもできるおなごでのぉ。それでも、おごらず、ひかえめで、誰にでもやさしかった」

マカド様は、なつかしそうな顔になった。

「わらわは、あこがれておったのかもしれん。うらやましくもあった。谷の子なのにのぉ。いや、谷の子だからかもしれん。あのおなごは、女官になれる。いや、もしかすると竜騎士にもなれるかもしれんといわれておった」

二のおばが竜騎士に！　あの谷底の村でひっそりと暮らす二のおばに、そんな道があった。

ミアが知る二のおばからは想像もつかない。でも、二のおばは竜騎士になれたろうか？

二のおばは武器をもつことをしない。

「わらわは、宝物殿を守ることが決められておったでの。どんな道でも選ぶことができる谷の子がうらやましかった。おまえたちは、弓の民の末裔なのだろう。弓の民ゆえかのぉ。あのおなごの弓といったら王宮のテラスから、むこうの山の落ち葉さえ射ぬいた」

「二のおばは、弓などもちません」

ミアは首をふった。なんでも教えてくれた二のおばだが、武器のあつかいだけは教えてくれなかった。二のおばが、弓をもつところなどみたことはない。

「いいや。若いころはもった。弓をもたなくなったとしたら、それはわらわのせいじゃ。わらわが、あのおなごの弓を封印してしまった」

マカド様が苦しげにそういった。

「わらわが、わなにはめた。ほんの、いたずらのつもりだった。あのころ、弓の民の残党が王宮に入りこんだことがあった。残党が宝物殿の湖に飛びこんで逃げるところだとうそをついて、水うさぎを射させた。ジャをつかえるのだ。けがをさせたとしても、すぐ治せると思った。じゃが、あのおなごは、水うさぎをしとめた。矢は水うさぎの急所を射ぬいていた。ジャ

も、まにあいはしなかった」

マカド様は薄いくちびるをかんだ。

「ああ」

ミアはうなずいていた。

マカド様が、褒美にやろうかといった水うさぎの皮だ。矢のあとがあるといった。あのときから、マカド様はミアがそのときの谷の子の縁者だと疑っていた。若いころ、水うさぎを射たことがあるときいているのでないかと思っていたのだ。

「水うさぎは貴重なけものだ。騒ぎになった。王様の前で審問があった。わらわも、罰をうけるのだと覚悟しておったのに、あのおなごは、わらわのことは何もいわなかった。わなにかけられたと知っていたはずだ。なのに何もいわずに、罪をおかした者として王宮を追放された。わらわは、わなにかけたと申しでようとして、父上に泣いてとめられた。宝物殿を守る者はわらわしかおらんかったからだ。谷の子ふぜいに、かばわれたのかと悔しかった。情けをかけられたのかと身もだえするぐらい恥ずかしかった。自分が犠牲になればいいといわんばかりのあのおなごを、傲慢だと憎んだ」

マカド様がギリッと歯を食いしばる。

「二のおばは、傲慢な人ではありません」

ミアは、首をふった。

「ミアの伯母上は、マカド様の立場をおもんぱかったのでしょう」

星の音も口を出した。

「それが傲慢だといっておる」

マカド様が声を荒らげた。

「自分の進みたい道をあきらめなければいけないのだぞ。王宮を追放されるのだぞ」

マカド様は、二のおばに怒っていた。

「わらわを思いやっただと！　なぜ、なりふりかまわずに、わらわのせいだといわん。わらわが悪いといわん」

マカド様のいいたいことが、やっとミアにもわかったように思えた。誰かを思いやっている立場か！　といいたいのだ。他人の心配をするより、まずは自分の身を案じろといいたいのだ。それが傲慢に思えるといいたいのだ。

「おまえも伯母御と同じだ。葦の村でのことをきいた。みんなのことを助けようと川へ飛びこんだそうだな。あの石から目覚めたけものの命をのみこんだ隻眼の竜を殺すことができなくて、自分の命をさしだすところだったそうではないか。わらわには、わからん。どうしておまえたちはそうなのだ。どうして自分をたいせつにしないのだ」

マカド様は、ミアをみつめる。ミアのむこうに二のおばがみえるというようにだ。宝物殿でもこんな目でミアをみていた。

マカド様はずっと心にあった疑問をミアにぶつけに来た。ミアが気がついたときいて、がまんできなくなったのだ。

どうしてそうなのだときかれても、ミアはこたえることができない。あのときは、自分が川へ飛びこむことがいちばんいいと思えたのだ。ただそれだけだった。


「この子にきいても、この子もわかっておらんぞ」

銀の羽が来ていた。オゴが呼んできたらしい。オゴは、この場をなんとかできるのは銀の羽だと思ったのだ。ウスズ様もテムもほっとした顔だ。銀の羽はまだ起きだす時間ではなかったらしく、ほうきに乗って眠そうな顔をしている。

銀の羽まで入ってきて、ミアのせまい部屋は息苦しいほどだ。

「この谷の子は思慮がたらんのだ。何度いっても、なかなか直らん。かっとすると何をしでかすかわからんのだ。今回だって、ろくに考えもせず動きおったに決まっておる」

やはり銀の羽も怒っていた。ミアを心配してくれるからだとわかっていても、ミアはつらかった。

「自分の命を危険にさらさずとも方法はあった。ジャがつかえるのだ。隻眼の竜の力を、そぐだけにすることもできたはずだ」

ああ、とミアは叫びだしそうだった。ジャのことなどすっかり忘れていた。銀の羽のいうとおりだった。

隻眼の竜の目をついて動きをとめた間に、あの不思議な涙の石を集めることができたかもしれない。そこまで考えて、でも、やはり自分がコキバを、コキバでなくても誰かを傷つけることはできなかったとうなだれた。

「これは弱いのだ。この子の伯母上があんな戦いを強いられたなら、相手を傷つけてでもほかの者も自分の命も守ったろうに」

銀の羽は、そこまでいって言葉をとめた。少し考えていたが、いいやと首をふった。

「今はちがうのかもしれんな。伯母上も何も傷つけようとはせんのだろう。だから、娘がわりのおまえも、そんなふうに育てたのだな」

と、ミアをみた。

「わしは、あの谷の子が王宮を出されるときにきいた。どうして何もいわんのだと」

銀の羽は、マカド様が二のおばをわなにかけたことを知っていたのだ。

「あの谷の子にとって、わなにかけられたことより、わなにかけられた自分がどうしたのかが問題だった。『水うさぎの命をうばったのは私です。私がしたことです』といいおった。ジャをつかえると慢心していたともいった。だから王宮を出されてもしょうがないのだと思っておった。いさぎよかった。命が何よりも尊いということを知っておった。あれは、何ももう傷つけまいと決心しておった」

銀の羽は、やっとわかったとうなずいた。

「ミアは伯母上の思いをしっかりうけとめています。コキバの命を必死で守りました。傷つけることもしませんでした」

星の音が、うなだれるミアをみる。

「部屋子のままならそれでもよかろう。じゃが、この谷の子は部屋子のままではおれんようだ。どういうわけか、めんどうごとに巻きこまれる。ただ強くなれともいえん。どう強くなるかがむずかしいところじゃ。おまえの進む道をみさだめるのは難儀ぞ」

銀の羽は、しぶい顔だ。

どう強くなるか。ミアは銀の羽の言葉を心にきざんだ。竜騎士になってみたいという思いは、小さな明かりのようにミアの中で燃えている。その明かりは消すことができそうもない。いや、消すつもりはない。でも今は胸にひめているだけだ。言葉にする自信がない。私らしい竜騎士の道だってあるはずだ。それをさがそう。ミアはそう決心していた。

「私もウスズも、ミアをみまもっていくつもりです。自分の命を粗末にするようなことは、金輪際させません」

星の音は、まかせてくれと銀の羽をみた。


マカド様が大きくひと息ついた。

「わらわのほうが思慮がたりなんだ。ゆるせ。わらわは、あのおなごの道をたってしまった。あのおなごは、王宮にいたら何にでもなれた。なのに、わらわのせいで村へ帰された。ずっと後悔していた。そしてわらわを後悔させるあのおなごを、うらんでもいた。宝物殿を守ることを口実にひきこもった。誰にも会わんように、心をかき乱されんようにだ。あの日の朝、朝のしたくに来た侍女のうわさ話で、ウスズ殿の谷の子の話をきいた。思いだすまいとしていたあのおなごのことを思った。心が波だったのは久しぶりだった」

わらわも弱い、とマカド様はつけたした。

「わらわのその思いから、石が目覚めた。けがをしたわらわのために谷の子が来た。あのおなごに似ておるかと気になった。二十年も前にひきもどされたようだった。因縁かと思った」

マカド様は、銀の羽と同じに因縁といった。二十年ぶりにオゴ以外の人間と話したのが、閉じこもる原因となった二のおばの、姪のミアだった。因縁とはそういうことだ。

マカド様は、胸のうちに秘めていたことをさらけだして、どこかすっきりした様子だ。

コキバが目覚めるきっかけとなったマカド様の思いは、二のおばへのものだったのだ。ラドルの竜だまりで、泣き虫の竜がマカド様の思いはどんな思いだったのだときいた。二のおばへの怒りだったのだと今ならわかる。だから、目覚めたばかりのコキバは怒ってかみついた。命をたつ武器をもつ人たちにはむかっていった。マカド様も、水うさぎを殺してしまったことを悔やんでいたからだ。

「伯母御は幸せなのかのう」

マカド様がきく。

ミアはこたえることができなかった。二のおばは、自分の選んだ道を歩いている。それが幸せな道なのかミアにはわからなかった。

「でもきっと、ミアの伯母上は、王宮で暮らした日々を後悔していないのでしょう。娘のようなミアをここへよこしたのですもの」

星の音が、こたえられないでいるミアから、マカド様へ目をやった。

その星の音の瞳は、あたたかい。星の音だけではない。部屋じゅうの人が、冷たい仮面の下のマカド様の心のうちを知って、何か思いがけないものをみつけたようなうれしそうな顔をしている。いちばんうれしそうにみえたのはオゴだった。

「娘で思いだしました。マカド様、あれのことを」

とうながす。

「おお、そうじゃ。闇倉から目覚めたもののことだ。災いをなすものではないとわかったが、あばれものらしいのぉ。手あましなのだろう。わらわの思いから目覚めたのだ。わらわの子のようなものだとオゴがいう」

コキバのことだ。

「宝物殿でひきとろうか？　ウスズ殿にご迷惑ではないかとオゴが心配しておってな」

マカド様はまじめな顔だが、オゴはどこかおもしろそうな目でマカド様をみている。

ミアは、コキバをかえすことなんてできないとウスズ様をみた。やっと、とりもどしたのだ。ミアがめんどうをみるつもりでいた。

ウスズ様は、そんなミアを安心させるようにうなずいた。

「そうですなあ。マカド様の子のようなものといわれれば、そのとおりです。なかなかのあばれものですぞ」

ウスズ様がにやりとマカド様をみる。

「これも若いころは、やりたい放題あばれおったでな」

銀の羽もマカド様にあごをしゃくる。

オゴも、にこにことうなずいている。

「そ、そうだったやもしれん。だ、だから、わらわがあれの世話をしろとオゴがいう」

マカド様のうろたえる様子に、みんな笑いだした。

「笑うことはなかろう」

マカド様は、あくまでまじめだ。

「ご心配は無用でございます。わけもなくあばれるわけではないのです」

ウスズ様が、大丈夫だと首をふる。

「それに、コキバが谷の子のそばをはなれるはずはありません。コキバはこの屋敷で育てますゆえ、ご安心ください」

それをきいたミアはほっとした。

「ウスズが頼んで、特別に奥むきから医師殿に来ていただいたの。なのに、ミアが目をさまさなかったから、コキバが、何もできない医師殿に怒ってしまって、屋敷から放りだしたのよ」

星の音が笑いながら教えてくれる。

「コキバが放りださなければ、わしが放りだしておった」

ウスズ様が、むっとした顔でそういう。

「ほんに、この屋敷には困った者ばかりが住みついたものじゃのぉ。幽霊屋敷と呼ばれておったほうがましだったかもしれん」

銀の羽がそういって、みんなが笑った。あのマカド様までが笑っていた。

「谷の子、たまには、あれをつれて宝物殿へ遊びにおいでなさいませ」

オゴは、ミアを誘ってくれる。マカド様もうなずいている。あんなに怖かったマカド様に誘われて、素直にうれしいと思える自分にミアはおどろいていた。

次の日からミアはもういつもどおりに、立って歩いて、朝ごはんも食べることができた。

コキバはまだ帰ってこない。

ウスズ様は、王子の竜選びにでかけるところだ。

「候補の竜を十頭にしぼるの？」

星の音がきいている。

「おお。なかなかおもしろい竜がおる。こんな役目、つまらんと思っておったのだがな」

ウスズ様は楽しそうだ。

「どうやって決めるのかしら」

星の音は、竜選びに行ってみたいのだ。うずうずしているのがミアにもわかる。ミアも竜選びに行ってみたい。あの五爪の竜がどうなったか気にかかる。

「飛ぶはやさが一番という者もおるがな。今日は飛ぶはやさより、王子を守る慎重さをみたい。人間を乗せていかに安全に飛ぶか競わせる。十頭までしぼって、その中から王子の気にいる竜にするつもりだ」

ウスズ様は、どうだ、いい案だろうというように星の音をみた。

「私も行ってみたいわ」

星の音は、もう自分も行くと決めている。

「危ないことはなかろう。谷の子、ともをしてやれ。私の奥方は臨月も近い。気をつけてやってくれ。おとなしそうな顔をして、何をしでかすかわからんからな」

ウスズ様は、しぶい顔でうなずいた。


ミアは星の音といっしょに、王宮のテラスに来ていた。三十頭ほどの竜たちが並び、そのまわりを竜騎士たちがとりかこんでいる。岩山の都の門を通って、王子の竜になろうとやってきた竜たちだ。たくさんの竜たちの中から選ばれてここまで来た。大きさはまちまちだが、みな自信ありげにみえる。

「これから、おまえたちに人間がまたがる。竜騎士の子弟たちだ。岩山の都の門をくぐって、またここへ帰ってこい」

竜選びをまかされたウスズ様が、竜たちにいいわたした。

まだ竜騎士になれない子弟たちが、竜たちめざしてかけよっていく。自分が気にいった竜を選んで、それに乗る。

ここまで残った竜たちでも、人間を乗せるのは初めてなのだろう。選ばれて人間を乗せても、体を小さくふったり、またがった人間を飛ぶ前からふりおとしたりしている。それでも、もう何頭かが人間を乗せてテラスから飛びたった。

　空中には、竜にまたがった竜騎士たちがいる。飛びたった竜のじゃまをするのだ。そのせいで、背にいる人間をおとしてしまう竜もいた。おちていく人間を竜騎士たちが空中でうけとめる。なれない竜にまたがる人間も危ない役目だ。

　テラスに残っている竜はわずかだ。誰にも乗ってもらえないのでは、竜選びからおちてしまう。

　ミアは残っている竜たちに目をこらした。いた！　と小躍りするぐらいうれしかった。黒雲の都で会った五爪の竜がいた。左足が思うようにならないのは、遠くからみてもわかる。

誰か選んでやって！　ミアは両手をにぎりしめた。五爪の竜は、やっとここまで来たのだ。

五爪の竜に目をとめる者はいない。とうとう、テラスにたった一頭残ってしまった。

「せっかく、選ばれたのに」

　ミアの口からため息がもれた。

「ミア、おまえが行けばいい」

　星の音が、ミアの背をおす。

いいのか、とミアは星の音をみた。星の音はうなずく。ミアはウスズ様へ目をやった。ウスズ様もうなずいている。

ミアはテラスにかけだしていた。

「おお。会えた。会えたな！」

五爪の竜がうれしそうにミアをみる。

ミアは、五爪の竜にまたがろうとした。

またがろうとしたミアの腕を、誰かがつかむ。

やはり竜騎士の子弟でもない私が乗ろうとするのは、いけないのだろうか？

ミアはふりむいた。

「こいつにはおれが乗る」

ミアより少し大きな男の子だった。竜騎士の子弟ではない。斧をさしていない。

「私の知っている竜なの」

だから私が乗ると、ミアはいいはった。

「おれだって知ってる」

男の子は、そういいかえす。

ミアは、知っているのかと五爪の竜をみた。

「知らない。どこで会った？」

五爪の竜も首をかしげる。

「黒雲の都の竜だまりで」

男の子はにっと笑う。ミアは、笑う男の子の瞳が緑色なのにやっと気がついた。

「コキバなの！」

ミアの口が大きく開いた。

「気づけよ。ぼんやりだな」

コキバはチッと舌うちをする。

「だ、だって、星の音があの姿だって――」

ミアは、葦の村でみた、うろこにおおわれた翼のあるコキバなのだと思っていた。

「ウスズも星の音も、おれは竜になるのだと思っていたんだろう。人間になるとは思いもしなかったんだ」

「そ、それで――」

あの姿といったのだ。

「危ないことはするな。おれが乗る」

コキバはもう五爪にまたがっている。

「な、何よ。生意気な――」

ミアは言葉が出ない。私のひざの上で甘えていたのに、私におぶわれていたくせに！

コキバと五爪の竜は、もうテラスから飛びだしていた。

「黒雲の都の竜だまりで、五爪がおまえの竜になるといったのが、おもしろくなかったようだ。コキバはやきもちやきだぞ」

ウスズ様がそばに来て笑っていた。

あの竜だまりで、背中で眠っていたかと思ったコキバが急にあばれだしたことを、ミアは思いだした。

「竜になるか迷ったらしいが、おまえをみていて、人間のほうがおもしろそうだったとさ」

「ど、どういうことですか！」

ミアは、宙にいるコキバをにらんだ。

「てれたんだろう。おまえにあこがれている。自分の命を必死で守ってくれた人間にな。今度は、人間になった自分がおまえを守ると決めたそうだ。もう無鉄砲なことはできんぞ」

「守ってもらわなくても、私は大丈夫です」

ミアは口をとがらせていた。

「いいではないか。コキバはおまえのそばにいられれば幸せなのだ。コキバがそう願った」

コキバと五爪の竜は、もう岩山の都の門を通って王宮へむかっている。

「ミア！」

と呼ぶコキバの声がきこえた。


（つづく）

定価：1,540円（税込）

人魚姫の町

絵 さいとうゆきこ

東日本大震災から９年。当時岩手に住む小学生だった宏太は、父とともに静岡に避難し、父の知人のもとに身を寄せた。「故郷を捨ててきた」。その思いにさいなまれながらも、宏太は父の死をきっかけに故郷を訪れ、かつて家族同然だった老婆・砂婆に「楓を助けてやってくれ」と頼まれる。謎の男に追われる幼い少女・楓は何かを探しているようだが……。劇場アニメ映画化もされた『岬のマヨイガ』のアンサー作品。

米バチェルダー賞※大賞受賞

※全米図書館協会に属する、児童図書館サービス協会が選定。
英語に翻訳され米国で出版された、最も優れた児童書に授与される。

幽霊の女の子が、気づけばクラスの一員に!?

定価：1,870円（税込）

帰命寺横丁の夏

絵 佐竹美保

帰命寺横丁には、不思議なご本尊「帰命寺様」が代々まつられている。「帰命寺様」に祈ると、死んだ人がよみがえるという。ある夜、トイレに起きたカズは、庭を横切る白い影を見る。それは、よみがえった少女・あかりの影だった。クラスメイトとなったあかりとともに、カズは帰命寺の秘密を探りだし……。二人の不思議な夏休みが始まる。

著者 ✸ 柏葉幸子

1953年、岩手県生まれ。東北薬科大学卒業。『霧のむこうのふしぎな町』（講談社）で第15回講談社児童文学新人賞、第9回日本児童文学者協会新人賞を受賞。『ミラクル・ファミリー』（講談社）で第45回産経児童出版文化賞フジテレビ賞を受賞。『牡丹さんの不思議な毎日』（あかね書房）で第54回産経児童出版文化賞大賞を受賞。『つづきの図書館』（講談社）で第59回小学館児童出版文化賞を受賞。『岬のマヨイガ』（講談社）で第54回野間児童文芸賞を受賞、2024年バチェルダー賞オナー選出。『帰命寺横丁の夏』（講談社）で2022年バチェルダー賞を受賞。近著に「モンスター・ホテル」シリーズ（小峰書店）、『人魚姫の町』、『竜が呼んだ娘1 弓の魔女の呪い』（いずれも講談社）など。

装画・挿絵 ✸ 佐竹美保

1957年、富山県生まれ。「魔女の宅急便」シリーズ（3～6巻）（福音館書店）、「守り人」シリーズ（偕成社）、「ハウルの動く城」シリーズ（徳間書店）など、ファンタジー作品や児童書の分野で多くの装画・挿絵を手がけている。

竜が呼んだ娘2
闇倉の竜

2024年3月26日　第1刷発行

著　者　柏葉幸子
発行者　森田浩章
発行所　株式会社講談社
〒112-8001 東京都文京区音羽2-12-21
電話 編集　03-5395-3535
販売　03-5395-3625
業務　03-5395-3615
装　幀　岡本歌織（next door design）
印刷所　株式会社新藤慶昌堂
製本所　株式会社若林製本工場
本文データ制作　講談社デジタル製作

 KODANSHA

N.D.C.913 319p 20cm ISBN 978-4-06-534957-1

本書は、朝日学生新聞社『竜が呼んだ娘　やみ倉の竜』をもとに加筆・修正し、新装版として出版しました。